JN310306

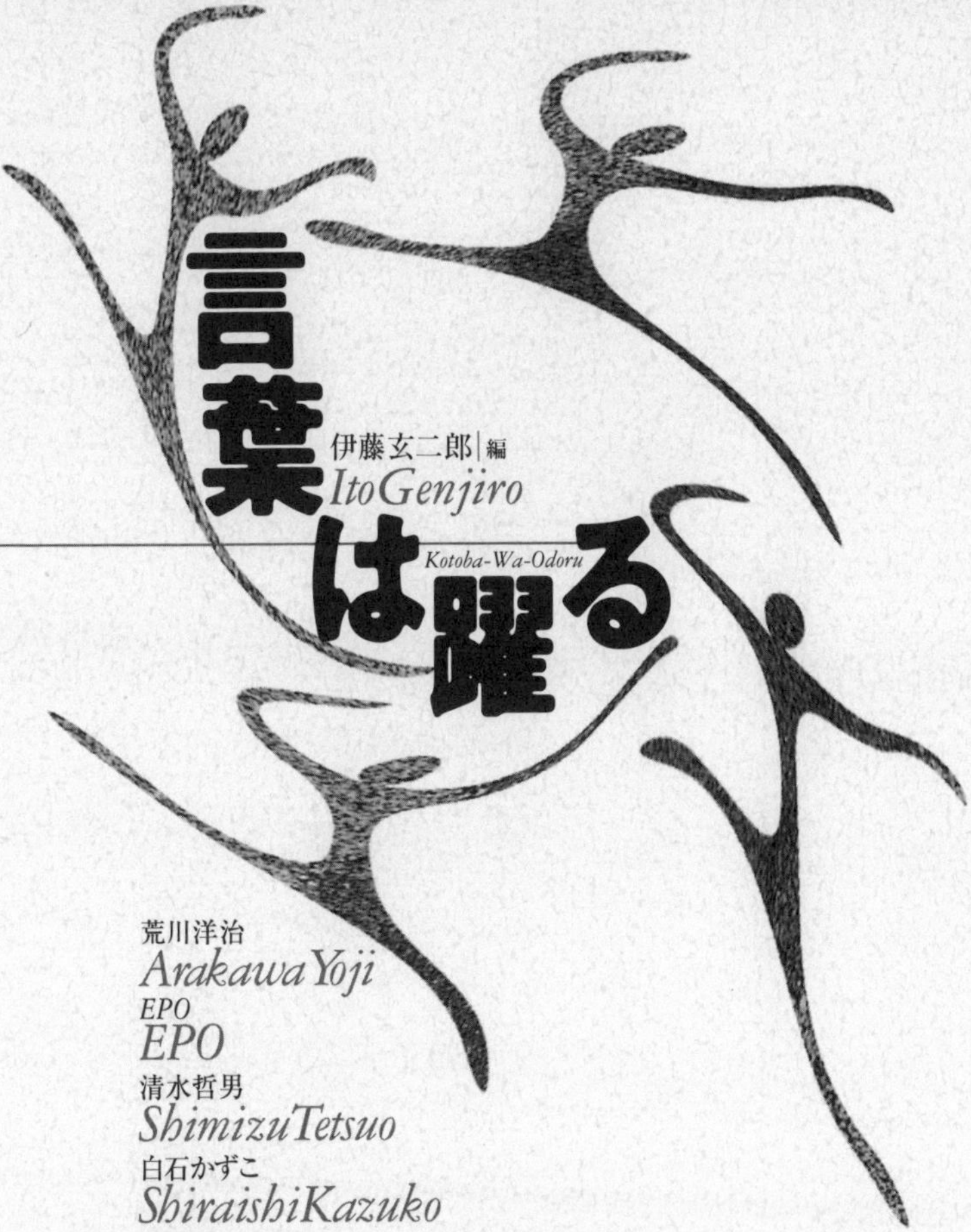

言葉は躍る

Kotoba-Wa-Odoru

伊藤玄二郎｜編
ItoGenjiro

荒川洋治
ArakawaYoji
EPO
EPO
清水哲男
ShimizuTetsuo
白石かずこ
ShiraishiKazuko
田村隆一
TamuraRyuichi
中井貴惠
NakaiKie
ねじめ正一
NejimeShoichi
堀口すみれ子
HoriguchiSumireko
黛まどか
MayuzumiMadoka
宮崎緑
MiyazakiMidori

かまくら春秋社

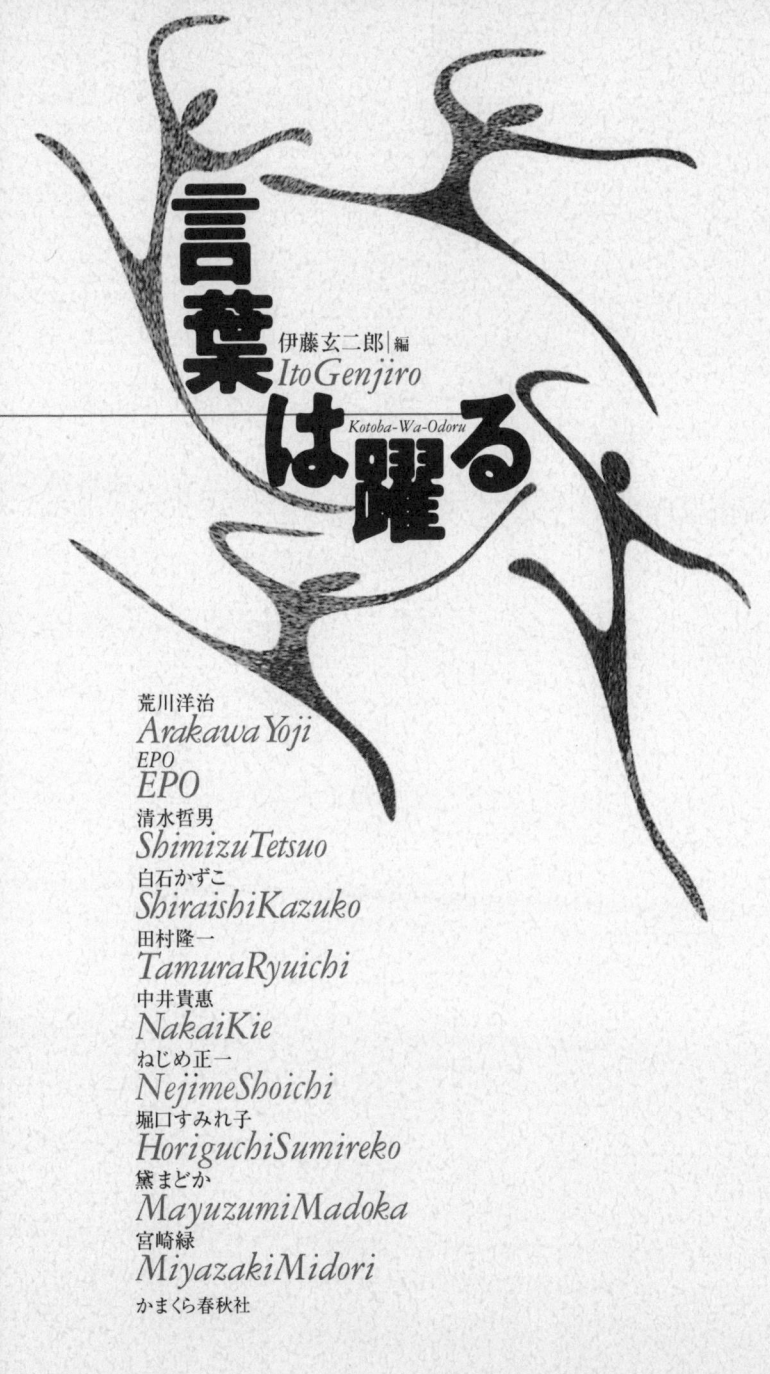

言葉は躍る

伊藤玄二郎
編

目次

装幀◆日下充典

荒川洋治

Arakawa Yoji

賢い人間を育む文学

あらかわ・ようじ

1949-

現代詩作家。大学在学中に第一詩集『娼婦論』を発表。清冽なイメージを喚起させる作風で一躍詩壇の寵児となった。言語実験を推し進め、言葉の可能性を追求する姿勢はつねに変わらない。現代詩の先端を示す作家の一人。詩集に『水駅』『渡世』、エッセー集に『夜のある町で』等。

小説の基本は「事実をきちんと」

伊藤◇荒川さんはエッセー集『言葉のラジオ』のあとがきで、「どんな人にも、言葉の暮らしがある。思いがある。定めもある。役割もある」と書いています。その「言葉の暮らし」には日々の会話などのほかにテレビ、ラジオから休むことなく流れる言葉もあって、現代はまさに言葉の氾濫する時代ともいえるかもしれません。しかし、たとえば、小説の場合を考えると、二葉亭四迷の『浮雲』や森鴎外『舞姫』あたりから新しい日本の小説が始まって、まだ百年あまりです。そういう時空間でとらえれば、われわれは今なお「言葉を探している時代」に生きているともいえませんか。

荒川◆フランスの思想家ジャン・ジャック・ルソーの『告白録』から小説は始まったとされます。十八世紀後半の作品ですから、世界の小説の歴史でさえ二百年ほどということになります。

伊藤◇『告白録』が嚆矢とされるのは、なぜだと思いますか。

荒川◆ギリシア時代の昔からそれらしきものはあったのですが、人間の意識、理性が目覚め、人間の生き方を、人間のことばで、こころで考えようではないかという思想が萌芽した十八世紀、ひとりの人間としての真実、事実をしっかりと書きあげ、自らの考えも加味していくといった芸術としての小説の基本的なスタイルが、『告白録』によって初めて整ったからです。ご存じのように、ルソーの考え方はフランス革命の思想的なバックボーンとなりました。

伊藤◇それ以前は、人間は神の支配下にあって、芸術はじめ何事も神の存在の影響下にあるとされていた。

荒川◆人びとは個人の人生など取るに足りないものであるという思考の下に生きていたのです。それに対して、ルソーは記憶の断片を構築することによって自らの人生を堂々と描きました。

伊藤◇「小説」という意識があったのかどうかはっきりしませんが、ルソーがそういう作品を世に問おうと志したきっかけは何だったのでしょうかね。

荒川◆だれにでもある「記憶」というものに関連しているような気がします。ルソーは幼くして母親を亡くしています。十歳になったころ養母のヴァラン夫人と野山を散策していて、青い、きれいな花を見つけます。ヴァラン夫人はルソー少年に、あれは蔓日日草《つるにちにち》（ペルバーンシュ。キョウチクトウ科の蔓性の多年草）よ、と教えます。それから数十年の歳月が流れ、ある日、友人と山野をめぐっていた彼は偶然、蔓日日草をみつけます。そして、「あれは、蔓日日草だ」と思わず声をあげます。その時、ルソーの脳裏には、ヴァラン夫人との懐かしい日々が甦ったわけです。何が言いたいのかといえば、つまり、人間には自分だけの記憶というものがあって、それを積み重ねることによって生きているということです。記憶というものの厚さ、大きさで人生は支えられ、些細な記憶によって人のこころは動かされ、からだのなかに喜びや悲しみが満ちあふれてくるものであることにルソーは気づいたのではないでしょうか。そして、ならば、自らの生涯をあやまたず正確に記録するという、これまで誰も採らなかった手法で作品をあらわしてみようと決めた、とされています。

伊藤◇それはまさしく現代に通じる小説の太い柱の一本でもありますね。

荒川◆大好きな作家に触れさせてください。石川県出身の加能作次郎です。作品に『世の中へ』や短編集『乳の匂ひ』などがあります。明治の終わりから大正にかけて活躍しました。ひとりの青年が成長し、生活し、最後には父親を看取るといった作品をあらわすなど、ある意味では地味な作家です。しかし、片田舎の青年の生き方を、どこまでも誠実に、そして魅力的な文学性を盛りこんで執筆したことは文学史のうえで財産だと思います。彼の作品もまた「事実をきちんと書きあげる」表現形式に則ったものであるという点において、ルソーに通じます。小説にはもちろんいろいろなスタイルがありますが、それが基本的な小説の姿だと僕は認識しています。

詩の言葉は素直に生のまま

伊藤◇小説に比べれば、詩の歴史ははるかに長いものがある。

荒川◆詩のルーツはギリシア神話にありますから、その歴史は二千七百年以上でしょう。「ポエーシス」、つまり「穀物を育てる」という意味の言葉が「ポエム」の語源です。詩は、たとえば、大雨や吹き荒れる風など自然の驚異に対する祈りといった、人間が生きるために本能的に発した言葉や、祭礼、神事などのなかから生まれてきました。詩は文学の起源といえます。

伊藤◇荒川さんの中の散文と詩の相違についてうかがいたい。身近な、実は自分の例を挙げてみます。以前、作家の永井龍男さんの追悼の一文で、納骨の日の話を新聞に書いた折り、お墓の苔に雨水が止まる様子を「降り積む雨」と表現した。するとある文芸評論家から、降り積むのは「雪」だけであって「雨」は誤りだと学芸部が指摘を受けたそうです。もちろん、僕はそれを承知で書いたわけですが……。

荒川◆散文にも詩的な言い回しがあって悪くありません。ただ文章全体にかかわってきますので、多用することによって不自然な印象を与えるようではまずいでしょう。詩は逆です。どんな言葉を用いてもいい。文法が間違っていてもかまわない。自由です。

小説は、厳密に、合理的に作品世界を築くことによって、読者の思考を深めます。読者に「伝える」ことが第一義なのです。詩は違う。個人的な言葉で思い切りよく書かれますから、本来的に、ほかの人間に読んでもらうためのものではないのです。最終的には、読者に何らかの印象を与えるとともに、感情を伝達できればいいのです。たとえば、山村暮鳥に「いちめんのなのはないちめんのなのはな――」というフレーズの繰り返しでホントに一面に菜の花畑が広がっているようなイメージを喚起させる作品がありますが、詩のひとつの役割は、見えないもの、いままで意識されなかったものを、わたしたちの脳裏に映しだしてくれることにあるのです。

伊藤◇端的にいえば、散文は情景や論理を追い、描写することによって読者をドラマの世界に誘うが、詩は、自由に言葉を飛翔させることで読者の意識に刺激を与え、それによって、たとえば、心地よさとかおかしみといったものを感じてもらえばいいということになりますか……。

荒川◆別の角度から異なる点を説明すれば、小説はモノとモノを分離させる文学であり、詩はヒトとヒトに出合いをもたらす文学といえます。もっと簡略に表現するならば、小説は「さようならの文学」で、詩は「こんにちはの文学」なんです（笑）。

小説は、たとえば、「駅前にはAというお店があり、隣にはBという店が建っている」とか「A子さんは○×というヘアスタイルをしており、B子さんは△□という髪形をしている。そしてふたりのヘアについて、C男は次のような印象を持っている――」といった具合に駅前の風景も人の気持ちも次つぎと描写し、細かく区別し、分離します。詩は、たとえば、「花が咲いている」とあれば、その花は赤でも青でもいいし、桜でも梅でもかまわないわけです。「ふるさとは遠きにありて思ふもの」という一節を耳にしたとき、その「ふるさと」はどこですかって尋ねる人はいないでしょ？（笑）。故郷といえば、だれだって自分の郷里を思い浮かべるのですから。

伊藤◇詩を「出合いの文学」「こんにちはの文学」とするのは、「ふるさと」なら「ふるさと」というキーワードによって、すべての読者が一様に、それぞれの故郷と郷愁をこめて向き合い、結ばれることになる。

荒川◆おっしゃるように、詩とは、特定しない一般的な言葉を丸ごと読者の前に投げだすことによって、金沢が郷里の人も福井生まれの人も、赤い花を好きな人も白い花がお気に入りの人も結びつけ、その言語を通じて「出合い」を実現してくれるのです。僕が「出合い」を感じる現代詩をひとつ挙げておきたいと思います。作家であり翻訳家でもある詩人長谷川四郎さんの『朝の曲がり角の唄』という作品です。

海が見えるか見えないか／朝の曲がり角を曲がれ／一角獣がいるかいないか／朝の曲がり角を曲がれ／砂漠と時計結び付け／朝の曲がり角を曲がれ／大砲がこっち向いてる／朝の曲がり角を曲がれ／黒い鉛の海が見える／朝の曲がり角を曲がれ／でっかい赤い太陽が沈む／朝の曲がり角を曲がれ

――長谷川四郎『朝の曲がり角の唄』

詩は人間の意識の下にひそむ部分を照らす文学ですから、小説とは違って言葉によって何かを説得しようと試みるのではなく、リズムにより説得するのがとても効果的です。この作品に繰りかえし登場する「朝の曲がり角を曲がれ」というフレーズのリズムはとても愉快な気分にしてくれ、親しみを感じさせてくれます。それだけではなく、「朝の曲がり角を曲がれ」の前にどんな言葉を投げこんでも楽しめます。たとえば、「きょうは金沢に雪が降った　朝の曲がり角を曲がれ」「きょうは父と喧嘩した　朝の曲がり角を曲がれ」「きょうは試験だ　朝の曲がり角を曲がれ」——といったように。詩は「出合い」であると実感するのはこういう部分です。

伊藤◇明るい気分になれるフレーズですよね。僕でもつい声にしたくなる。ただ、詩には難解だというイメージがあって、その出合いを体験する以前に「さよなら」してしまう人たちも少なくありません（笑）。

荒川◆告白すれば、他人の詩を読むのは僕も基本的に苦痛です（笑）。なぜなら、詩人は、小説家とは違ってそれぞれの持っている個人的な言葉で、説明を抜きに書くわけですから。つまり、受けとった詩人の言葉がこころの内側に入りこみ、〃発酵〃するまで時間が必要になりますから、それで難しいなあと毛嫌いしちゃう読者も少なくないんです。

伊藤◇意味を探ろうとするから難しいなあと匙を投げてしまうこともあるし、もっと単純に、日頃は目にしない、書くこともない漢字が使われていることで嫌気がさしてしまう読者もいると思います。

荒川◆でも、あまりに世間で流通している言葉だけで会話というキャッチボールをしていて寂しくなりませんか？　その言葉を、素直に生のまま頂いちゃえばいいんです。詩人といえども同じ人間です。何かを伝えたくて原稿用紙に向かっているのですから、恐れることはありません。常識に邪魔されて、詩は難解であると思わないこと。そうでないと、言葉のほんとうの重みとか怖さといったものを見過ごしてしまいます。個性的で強靱な言葉をじいっと見つめてごらんなさい。その詩人が内部に抱えている精神の〝深い井戸〟と読者自身のそれが、より深い部分でつながってきますから。そのときに味わえる感動は、言葉では表現できないほどです。

期待できない〝即効性〟

伊藤◇荒川さんがこれまでに感銘を受けたいくつかの詩のなかに、吉岡実さんの『静物』がありますね。

荒川◆高校二年のときにこれを読み、ああ、僕はもう詩を書くしかないなと意を決したほどです。

夜の器の硬い面の内で／あざやかさを増してくる／秋のくだもの／りんごや梨やぶどうの類／それぞれは／かさなったままの姿勢で／眠りへ／ひとつの諧調へ／大いなる音楽へと沿うてゆく／めいめいの最も深いところへ至り／核はおもむろによこたわる／そのまわりを／めぐる豊かな腐爛の時間／いま死者の歯のまえで／石のように発しない／それらのくだものの類は／いよいよ重みを加える／深い器のなかで／その夜の仮象の裡で／ときに／

大きくかたむく

——吉岡実『静物』

伊藤◇遺体とそれに供えられた果物の情景を描いた作品かと思います。それにしても高校時代にこの詩にこころ打たれた、詩人の「深い井戸」とつながるものを察知した感性は、これは尋常ではない。

荒川◆もちろん、この一篇だけに影響されたわけではありませんが、果物の内部に宿された独特の時間の流れ、秩序といったものを言い表した言葉に魅せられたわけです。

伊藤◇精神の「深い井戸」は、小説の場合にもいえると思いますね。

荒川◆小説であれ、詩であれ、文学には人間のこころの闇を照らしたり、人生の至らない部分を教えてくれたり、つまり人間の精神、こころを豊かにする「強さ」があります。ただ、そこには、明日になってすぐに役立つような〝即効性〟は期待できません。

伊藤◇これまで小説と詩について主にうかがいましたが、この辺でエッセーについてのご意見も聞かせて下さい。エッセーといえば、小説でも詩でもない、人間としての物の見方といったものを潜ませた、軽やかな文章——といった説明になるかと思いますが。

荒川◆僕の知っている範囲では、エッセーの始祖は『随想録』(エセー)をあらわしたフランスの有名な思想家モンテーニュです。「エセー」はそもそも「物事をためす」、「テストする」を意味します。その言葉にピッタリだなと思い出すのが、幸田文さんの作品です。

伊藤◇それはどのような理由からでしょう。

荒川◆たとえば、郵便屋さんはどうやって手紙を配達するのかしらと、ふと疑問を抱いた幸田さんは、恥ずかしいなと思いながら配達の青年の後を追います。そして、郵便受けに手紙を入れようとする青年の足は、お隣の家に移りやすいように浮き気味になっており、踵はほとんどついていないなど子細に観察したうえで、それを作品にまとめています。まさに、「自らためしながら」エッセーを執筆しているのです。

伊藤◇エッセー本来の精神に通じているわけですね。こちらは小説ですが中里恒子さんの『時雨の記』。あの中で主人公が足袋の皺をアイロンで伸ばす場面に、僕もうなった経験がありました。

荒川◆モンテーニュはおおよそ次のように書いています。自分には生まれつき世事の才はないが、五十年なら五十年という歳月を生きてきた自分というものを、いろいろなテーマを通じて、自分のセンスで書いていこうと思う、それがエセーだ——。いたずらに知識だとか情報に左右されることなく、日常の感覚を基本にして人生や時間といったもの、周辺の人びとや社会の真実といったものを鋭く描いていこうという視線は、幸田さんに通じるものですし、それこそがエッセーの魅力といえます。

伊藤◇僕も時々、下手なエッセーを書いていますが、いまのお話はあらためて肝に銘じておきましょう。ところで、詩も小説も、そしてエッセーも現代の日本では読まれなくなっています。人気のあるものといえば、マスコミで取りあげられる漫画やタレントの本、一部の流行作家たちの小説です。受験勉強などもそうでしょうが、すぐに役立つもの、答えのでるものが求められる時代といわざるを得ません。

荒川◆現代は情報化時代です。次から次とあらゆる情報がマスコミを通じて送られてきます。その情報に影響されて、老後にはこれだけの蓄えが必要ですといわれれば、自分はある程度の準備はしているつもりだけれど大丈夫かしらと緊張を強いられたり、同業他社の同世代の月給がこれだけですよと知らされると、さほどの不満はなかったのに急に安月給に思えて不安になったり、あそこの大学を卒業してあの会社に就職すれば安定した人生になりそうだと思いこんだり――いまの日本では、なんだか人生のレールまでマスコミが敷いてくれているような気がします。そういった情報化社会の醸しだす価値観、人生観に基づいて生きてきた結果、定年も近づくころになって、風呂につかりながら、フッと、俺の人生はこれでよかったのかしら、自分という存在はいったいどこにあったの、というような虚しさに襲われたりするわけです。そんなときに忍び寄るのが、文学です。

伊藤◇身につまされる話です。そのような状況に陥らないためにも、経済効率の優先される社会においては、一見、一文の得にもなるように思えない文学が必要だとつくづく思います。

荒川◆読む読まないは別にして、かつてはご近所のおばさんの家でさえ文学全集が揃っていたものです。いまでは大学生の部屋でだってめったにお目にかかれないでしょ？　むかしは、文学から人生を教わっていたのです。表現を変えれば、かつては即座に「答え」を期待しない世の中だったのに、こうすればこうなるといった解答によって安心を求めようとするマニュアル時代になって、生身の自分の想像力や独自の考え方が翼を広げるスペースがなくなってきましたから、生きるとはなんぞやの指針となるべき文学は求められなくなりました。

伊藤◇里見弴先生が、「ダメな人間かそうでない人間かの差は、いま目の前で起こっていることに気づくかどうかで決まってくる」と語ったことがありますが、眼前の社会、マスコミの動きにばかり応じようとするあまり、自ら考えることをせず、それが生きること、豊かな人生なのだと錯覚して文学と親しむことなく過ごすのは、人生の大きな損失だと思いますよ。

荒川◆いまご紹介のあった里見弴の言葉にも関連があると思いますので触れておきます。腹が立ってどうしようもなかったのですが、あの阪神大震災が起こった日、何十人もいた救急班の医師たちが、市の出動許可が下りないからと、たくさんの被災者を前に、待機したまま翌日まで動かなかったというのです。連絡がなかったから？　ハンコがなかったから？　近くでたくさんの人間が死に直面しているというのに。僕は、こうすればこうなるといったマニュアルでしか行動できなくなってしまった硬直したこの国を、とても狂っていると思いました。まさに、情報化時代といわれる現代のもっとも恐ろしい部分を見せつけられたような気がしました。

伊藤◇そのようなマニュアル社会、硬直してしまった時代に風穴をあけ、人間のこころを吹きこむのが文学の一つの役割ですね。

荒川◆学歴があって、いくら知識が豊富だとしても人間としてのこころや判断力を失ってはなんにもなりません。文学は、テレビや新聞などに登場する偉い先生たちのように「情報化社会における生き方」などと気の利いたことは教えてはくれません。しかし、そういったものを豊かに身につけた、ほんとうの意味での賢い人間を育んでくれるのです。

伊藤◇すぐ役に立つもの、答えを得られるものだけを追いかけていては、日本の二十一世紀に期待は持てないように思いますが、どうしても目先の利益が求められるのが今の社会なんですね。

荒川◆数年前にアメリカのノーベル賞作家ヘミングウェーの『武器よさらば』を初めて読みました。第一次世界大戦を舞台にした志願兵と看護婦の逃避行の物語です。われわれ日本の男性には、歯の浮くような、「愛しているよ」といった砂糖菓子にも似た台詞が連綿とつづく、答えのない、恋愛小説とも反戦小説ともいえる作品で、女性のこころの移ろいや戦争の情景など人間の営為が細部にわたって描写されてはいますが、明日のお米の問題を解決するようなノウハウは示されてはいません。しかし、二十年、三十年という長いサイクルで見るとき、われわれの人生にある種の豊かな想像力といったものを与えてくれる大きな贈り物を秘めているなとしみじみ感じました。

伊藤◇せっかくのプレゼントを見逃すのはもったいないこと。われわれは文学という果実の与えてくれる本当の味覚を、こういう社会だからこそ知る必要がありますね。

［九六年一一月◆金沢にて収録］

白石かずこ

Shiraishi Kazuko

「宇宙感覚」で共有する詩

しらいし かずこ

1931-

詩人。10代からモダニズムにふれ詩作をはじめる。

ビート詩人、ジャズ音楽などの影響のうちに構築された詩世界は、日本的抒情を排したグローバルな〝白石ワールド〟を構築している。

音楽とのジョイントによる朗読にも積極的に取り組む。

『聖なる淫者の季節』『現れるものたちをして』等。

証言は歴史を生きてきた者の義務

伊藤◇時代は移り変わります。今となれば、『現れるものたちをして』で高見順賞、読売文学賞を受賞されて、白石さんへの評価とその存在は僕が言うまでもなく確たるものがあります。しかし、かつては次のような、あまりにも強烈な個性の作品が物議をかもして冷遇された時代が、かなり長かったような気がします。

神は　なくてもある／また　彼はユーモラスである　ので／ある種の人間に似ている
このたびは／巨大な　男根を連れて　わたしの夢の地平線／の上を／ピクニックにやって
きたのだ

――『男根（Penis）　スミコの誕生日のために』より

白石◆この詩は作家の矢川澄子さんのバースデー・プレゼントに、手紙に書いて送ってさしあげた詩です。六〇何年だったか忘れちゃいました。澄子さんは、とてもノーブル、こんな素晴らしいプレゼントはないわと泣いて喜んで下さったのに、その詩がマスコミの目にとまり世間は騒ぎはじめました。ポルノだと思われたのです。キューバの翻訳家に「スピリッチュアルなロンリネスがある」と評していただいたように、作品には人間の存在の寂しさが表出されていたのですが――。

伊藤◇詩の世界の芥川賞ともいえるH氏賞をのちに受けられますが、さきほど言いましたように、われわれの目から見て受賞が遅きに失した感があります。やはりこの詩の影響があってのことでしょうか。

白石◆そうですね。ともかくポルノ詩人のように受けとられ、君はいい詩を書くけど、週刊誌に騒がれるような人間の詩を載せられるかって、詩の雑誌の編集長にはっきり告げられたことも忘れられません。

伊藤◇直木賞作家の胡桃沢耕史が本名で快楽小説を書かれていた当時、僕にも胡桃沢さんが持ちこまれた原稿をお断りしたことがあります。いわば加害者の立場にあった経験のある編集者としては、いまのお話は耳が痛い（笑）。

白石◆『聖なる淫者の季節』でH氏賞を頂戴した七〇年には既に全集も出版されていましたから、たとえば、友人の作家富岡多恵子さんには、そんなの屈辱だから蹴っちゃいなさいと忠告されました。大きな賞とはいっても、比較的新人に与えられるものでしたから。でも、蹴らなくってよかった（笑）。出版社も新聞社も、悪口をやめ、まともに扱ってくださるようになりましたもの。個人的君の作品は載せられないよと口にしていた編集長からも書いてくれと依頼がありました。

にはその編集長の方に好感をもってはおりましたが、結局、そのときは執筆をお断りしてしまいました。

伊藤◇立場は違いますが、白石さんのその気持ちはよく理解できますよ。白石さんのこれまでの歩みをたどるという意味では、五〇年代から九〇年代まで時代に沿って描いた『黒い羊の物語』は、よいガイド役をつとめてくれるように思います。

白石◆この本には、歴史は正しく語られ、明かされなくてはならないという願いをこめました。執筆の動機は、ある時、日本の詩人がロンドンからやってきた詩人たちに、日本において女性の詩が解放されたのは、七五年にフェミニズム思想が入ってきて伊藤比呂美さんらが性の解放をうたってからだといった、歴史の事実をねじ曲げた趣旨の発言をしたからです。本当は、六〇年代のわたくしの詩からはじまったのです。当時、「男根」や「聖なる淫者」で性語をつかい世間から袋だだきにあいましたが、いまでは、「男根?そんなことで世間が騒いだの?」と女性たちがわれもわれもとセックスをうたう時代になりました。事の経緯を何も知らないような人たちに日本の女性の詩の歴史を語られたのではたまらない、ならば、わたくしが自ら書こうと決心し、『黒い羊の物語』を執筆することにしたのです。

伊藤◇『黒い羊の物語』の帯には、「VANISHされないための詩人の闘いの記録」とあります。まさに「歴史というものは、正しく語られ、明かされなくてはならない」という白石さんの決意のあらわれにみえますね。
白石◆いまならミニのドレスなんかなんでもないのに、六〇年代とは、ミニスカートをはく女性は知能指数が低いのだといった発言をする警視総監がいて、その言葉がそのまま信用されてしまう時代だったのです。女性、女の詩人にとって、いかに不自由な時代であったのかを証言することは、その歴史を生きてきた者の義務でしょう。

「説明」になってしまった詩

伊藤◇この本は、また一方で白石さんの半自叙伝ともうけとれます。一読して、肌の色を越えた黒人との交流が、白石さんの人生に大きな影響を与えたのだなと感じました。
白石◆わたくしはカナダで生まれ、小学校一年生の終わりまでバンクーバーで生活しておりました。十数カ国の子どもたちと一緒でしたが、東洋人だからといって苛められることもなく、とても心地よく暮らしたのです。そのような幼児体験からか、人種がどうであろうと、純粋でハートがよければ友達になれるのだと信じながら成長しました。
伊藤◇ジャズに造詣が深いことがその底流になっているのだと思いますが、白石さんは朗読や音楽とのジョイントなど詩のあたらしい表現の実践を盛んにされている。なぜアメリカの黒人たちが生んだ音楽に、そうもとりつかれたんですか。

白石◆戦後、ジャズやブルースが好きになり聴きにいくようになりました。そこで気がついたのは、ステージでは賛辞を贈るのに、そこを離れると黒人をまるで黒い動物でもあるかのごとくに見つめる日本人の人種的偏見でした。黒人のお友達ができたときも、ある評論家から深入りしないよう忠告を受けました。しかし、反発して彼らと本気でお付きあいするようになったのです。当時、離婚を経験し精神的にブルーでした。ブルースを持っている彼らと一緒にいるときだけが、わたくしのこころ落ちつく時間でした。

伊藤◇ブルース、辞書的に説明すれば「奴隷制度のもとアメリカ黒人の間に生まれた宗教歌、労働歌を母体とした歌曲」。そのブルースのどこが白石さんのこころを慰めるのでしょう。

白石◆誕生とともに差別され、虐げられてきた者のこころの痛み。彼らの血に流れるそのような痛みを分かちあえる状態にあったということでしょう。

伊藤◇一行も書けなかった時代があったと、昔、うかがったことがあります。

白石◆最も厳しかった時代です。詩の書けない状態が九年もつづきました。ふたたびペンを持ったのは寺山修司との出会いがきっかけでした。とってもハンサムで魅力的だった彼に、「青森の高校にいたころ、白石さんに憧れて『ＶＯＵ』（バウ。北園克衛の前衛主義に立脚した詩誌）に入ったのに、あなたはいなかった。どうして書かないの。才能がもったいないじゃないの」と励まされたのです。

伊藤◇白石さんは、ロマンの湧く土地と湧かない土地、つまり、土地によって詩が書けそうな土地とまったくそういうインスピレーションの働かない土地があるという話を、かつて僕にされたことがある。そのとき寺山修司の名を口にされたように記憶しています。

白石◆たとえば、わたくしの場合、南アフリカという国に、そこへ出かければ、未知の恋人にでも出会えるのではないかしらといったような、何か素晴らしい詩のテーマにぶつかるに違いないといった予感が働きました。同様に、その作家の鋭い感性と創造への情熱を触発する、創作の「磁場」とでも呼べる風土となっている土地もあるように思います。そういった土地のことを、ロマンの湧く土地と表現したのです。

伊藤◇ロマンの湧く土地は、また、創造をかきたてる土地と言い換えてもいいように思います。寺山修司は青森県の生まれです。そうすると青森県が創作の「磁場」になっているということですか。

白石◆青森市内の高校を卒業していますが、寺山さんの口からは三沢、三沢と聞いておりましたので、むしろ少年時代に戦争で焼け出されて移り住むことになった母親の実家のある三沢市が磁場としての役割を果たしたように思います。火山灰地の広がる一帯は、ヤマセと呼ばれる季節風の影響もあって米づくりには不向きな土地柄であり、戦後は米軍の基地が置かれました。数年前に訪れた折り、空港で飛行機を待っていて、米軍のジェット戦闘機がびゅんびゅん飛ぶ姿が美しくて、ついつい見惚れてしまったのですが、少年修司もまた離着陸する飛行機に遠くアメリカへのロマンを馳せたのだと思いますし、決して豊かではない、昔からの伝統の息づく風土にあって、鉄路に耳をあてては、はるかな東京への夢を育んだのではないでしょうか。

伊藤◇実際には目にできないものに対して想像力を働かせる、これは創作者の重要な資質でしょうね。僕はこのところ、ポルトガルにいることが多いんですが、今の話で大航海時代のナビゲーターたちを思い出しました。マゼラン、アフリカのコンゴ河口の発見者カーン船長、ブラジルに到達したペドロ・カブラルなどの大航海者たちは、皆遠く海から離れた山岳地帯の出身者なんです。彼らもまた大航路の創作者。きっと風の中に波の音を聞いたのでしょう。

白石◆その話、わかりますね。インドネシアに、おそらくはアジアでも最高峰の詩人のひとり、レンドラがいます。子どものころ、お父さんやお母さんに誕生日になると子どもたちが詩を捧げる習慣があって、彼はとても上手だったので先生に付くことになったのだそうです。もっとも何かを教えられるというのではなく、山のうえや星空のもと、川のそばに連れていかれたのだそうです。まだ五歳やそこらだった彼には、なぜそんなことをするのか理由が分からずに、お母さんに質問したのだそうです。それに対し、お母さんは「見えないものが見え、聞こえないものが聞こえるようになるためよ」と答えたといいます。

伊藤◇日本ならそんな子どもがいても、たぶん、五感を養うトレーニングより、一流の大学へ入るために文字を書いたり偉い詩人の作品を暗記したりといった詰めこみ教育が優先されることになるでしょうね。

白石◆お茶の間に座っているだけで、テレビが日本中、世界中のことを見せてくれる時代です。物事が見えすぎるということは、便利なようでいて、想像力をとても貧困にしてしまうのかもしれません。おまけに、受験競争の世の中とあっては――。

伊藤◇想像力の欠如といった点では、現在の日本の詩の世界も同じような傾向にあるのではありませんか。つまり、本来、見えない世界を想像力によって構成するのが詩であるはずなのに、最近は、日常生活風というか、散文的、説明的な詩が増えているような気がします。

白石◆ご指摘のように、「説明」になっている作品が圧倒的です。説明でよしとするならば、詩は必要ありません。論文、エッセーでよいのです。だいたい説明になっている詩は飽きちゃいますもの。説明を書いて、なお優れた詩になっているとすれば、それは、書き手がよほどの腕利きに違いありません。説明になっている作品は、詩としては基本的に失敗作とはいえないでしょうか。

伊藤◇説明はしなくても、そのときのこころのありようは表現できるということでしょうか。

白石◆詩を書きはじめた当時、教えられたのは、言葉を削ぎ落とすことでした。北園克衛は、たとえば、「悲しい」という言葉を百回繰りかえして書いたところで、その悲しさを表現できるものではないと、叱ってくれました。そして、冷蔵庫やアンブレラといったまったく関係のない言葉から、悲しみを表現するトレーニングをするように指導してくれました。

小説家は描写し 詩人は出会う

伊藤◇「詩とはなにか」について、あらためてうかがいたいと思います。まず、小説、散文と詩の違いとはどのような点にあると白石さんは考えていますか。

白石◆わたくしはよく「詩は踊ること、散文は歩くこと」と申します。だけど、最近では散文にもポエジー、詩となりうるものがありますから、その定義はますます難しくなっています。ただ、〝詩的な散文〟は詩ではありませんし、逆に、散文でありながら詩であるものもございますので──なんだか禅問答のようになってしまいました（笑）。

伊藤◇同じ質問に、ある作家は「詩とは、いわば氷山の、海面に姿をあらわしている頭の一部分をすくいとって表現するものである。一方、散文とはその根元まで書くものだ」と自説を展開しました。

白石◆的を射た解説です。ただ、外にあらわれた一部を書くことによって、海面下に隠されている部分をふくめた氷山の全体像を表現できるのが詩でしょうし、そうありたいものです。たとえば、詩人から小説家に転じた富岡多恵子さんは、詩と小説の相違を、「詩を書くということは、羽を生やして空を飛ぶようなものよ。小説は地面をはいずりまわるようなもの。だから大変」と表現しましたし、あるアーチストは「小説家は、神とはこのようなものであると描写し、詩人は神に出会う者」と定義しました。この場合の「神」は、インスピレーションと言葉を代えてもいいかもしれません。

伊藤◇作家はさすがにうまい表現をするものです（笑）。

白石◆「詩人は神に出会う者」という表現には、わたくしもなるほどなと思い当たる節があります。つまり、自分にとって、ほんとうに満足のいく作品ができるときというのは、はじめからプランを立ててこんな詩にしてやろうと構成を練るのではなく、霊感といったものを待ちうけ、そして結果として、もたらされるときなのです。作家森鷗外を父とする小説家でエッセイストの森茉莉は、そのような状態を「ある日が来るのを待っているの」と表現していました。

伊藤◇白石さんも「ある日を待つ」のですか。

白石◆わたくしの場合、何かが発酵し、混沌としているのだけれど、それがなかなか言葉にはならず、ある日、ふっと、「これだ」というイメージが湧きあがって、最初の一行を書かせてくれるのです。やはり、神に出会うということなのかもしれません。はっと気づくと、作品が出来上がっていて、だれが書いたのかしらと不思議になることがありますもの。

伊藤◇白石さんがジャズに造詣が深いことには既に触れました。白石さんの作品からは、僕にはリズムの息づかいが聞こえてくる。以前、作品を推敲することはめったにないとうかがいました。

執筆のときは、やはりテンポよくペンを走らせるわけですか。

白石◆「いまだ」と感じたとき、船が波に乗って出航するように、一気に書きあげます。やはり、リズムです。文学のなかで詩はもっとも音楽に近いと考えています。「音楽性」もまた詩と散文との相違点に挙げることができます。

伊藤◇冒頭の一行を記すまでには、ずいぶんと長い時間を必要とするようですね。

白石◆アメリカで開かれた詩人の集まりで、「僕は神だから毎日、詩を書けるよ」と発言した方がおいででした。でも、わたくしたちは、コケコッコーが毎日、たまごを生むようには詩を書けません（笑）。さきほども申し上げたように、テーマや心象風景が、こころの奥底に沈潜し、発酵するまで待ちます。そして、まるでチーズやワインが出来上がるように詩は生まれます。ただ、経験を積みますと詩のパターンができてきます。それに則れば、いっときに同じものがたくさん焼きあがる、たこ焼き同様（笑）、一応、どんな作品にも対応が可能になるのです。それではクリエイティブなものは期待できませんから、わたくしは常に初心者のつもりで旅や映画、本などによって感性をヴィヴィットにするよう努めています。

伊藤◇白石さんがいつまでも若わかしいのはよく知られるところですが、若わかしさの秘訣はそういう努力を常に怠らない点にあるのかもしれません。ところで一方、小説は詩のようにはいきません、とくに大河のような長編は。自然主義文学の先駆者となった島崎藤村の生家のある長野県山口村の記念館で『夜明け前』の創作ノートを目にしたことがあります。まさしく大建造物の〝設計図〟を連想させ、驚かされたことを思いだします。

白石◆何を書くのか全く決まっていない小説というものもあるかもしれませんが、きちんと構成を考えてからのちに執筆にかかるのが普通ではないでしょうか。尊敬する詩人吉岡実さんは、創作法について、こんな発言をしています。「わたしは詩を書く場合、テーマやその構成、構造をあらかじめ考えない。白紙状態がわたしにとって最も詩を書くによいわけだ。発端から結末が分かってしまうものを、わたしは詩とも創造とも言えないと思っている」――。なるほどなあ、わたくしと同じなんだなあと妙に安心したことを覚えています。

こころにポエトリイという魂の種を

伊藤◇言葉へのこだわりという点ではいかがですか。詩の場合、小説より相当、拘泥するのでしょうね。もちろん散文だって、助詞を〝が〟にするか〝を〟にするか、どこに句点を打つかで一日経っても結論を下せなかったなどという話はありますが……。

白石◆詩は言葉の美学ともいえますから。お料理に似ています。プロの料理人なら、おいしいお料理のために野菜や魚など素材はもちろんのこと、塩や胡椒など調味料もこだわりを持って選別するはずです。

伊藤◇詩の場合、どんな言葉をどんな具合いに使っても自由だというような話を荒川洋治さんから聞いたことがあります。「自由」の意味するところは、「こだわらない」ということではないのですね。

白石◆日本語にはいろいろなルールがあるけれど、それに則って書く必要はないという意味において自由なのであって、どの言葉を選択するかは、それぞれの詩人の好みであり、こだわりです。

伊藤◇ルールがない、またはあったとしてもそれに準じる必要がないということは、楽なように見えて、かえって面倒なのかもしれませんね。

白石◆たとえば、下着のうえにズボンやシャツをつけるという約束事があるからこそ人は安心できるのであって、ルールがなければ、スッポンポンで街を歩きはじめる人だって出現しかねません(笑)。

伊藤◇料理の材料に鮮度や旬があるように、言葉にもやはり同様のことが言えると思います。長い歳月のうちには、何事であれマンネリズムの危険性があります。どんな言葉を選択するか、常に意を払う必要が生じるような気がします。

白石◆ですから、さきほども申し上げたように、ワン・パターンにならない努力が欠かせないのです。何かと詩は難しいのです。

伊藤◇一般論として読者には、詩は難解というイメージもつきまといます。これも一般論ですが、特に中間文学の場合は、散文では読者を念頭において書きすすめる作家が多い。詩はどうなのでしょう。

白石◆そもそも詩はだれのために書くかといった次元のものではありません。つまり、自分のためとか、だれかに読んでもらおうといった地点からスタートするのではなく、禅などの世界にも通じるのですが、空となったこころに、たとえば、心象風景として芽吹くものなのです。それが発展する段階を迎え、ひとりよがりの世界を離れて、自らが他のいのちと同様に宇宙のなかの個としてユニバーサルな存在に転化するとき、詩は共有できるものとなるのです。

伊藤◇ただ、個々の感性、理解度、気質などによって、すべてが分かりあえる場合もあれば、まったく通じ合えないケースもあるはずですが。

白石◆十年ほど前、ポーランドでの「地球の未来を考える会」に出席した折り、あなたはポーランドに何をしにきたのですかと質問されて、「だれのこころのなかで芽吹くかはわかりませんが、こころのなかにポエトリイという魂、スピリットの種を植えにきたのです」と答えたことがあります。もしかすると、たしかにまったく作品を理解してもらえないケースもあるのかもしれません。でも、わたくしは自分の作品に内包されたポエトリイという種子が、だれかのこころに届き、いつか芽生え、こだまのように響き合って、共有できることを願いながら詩を書いています。詩は「宇宙感覚」のなかで理解しあえると、わたくしは信じています。だれであれ地球というこの星に生をうけた人間なら、その思考なり感性から誕生したものは、宇宙感覚という鏡に映しだすことにより感じとれるはずだから。

伊藤◇なるほどね。「宇宙感覚」という視点は、詩をとらえるうえで、これまで僕の言葉のポケットにはなかった。今の言葉を大事にポケットにしまっておきます。

［九七年二月◆京都にて収録］

ねじめ正一

Nejime Shoichi

言葉の快楽と描写の愉悦

ねじめ・しょういち

1948-

詩人、作家。「俗悪」を厭わない暴力性に満ちた詩を多く発表。

その過激な詩風は現代詩にひとつの地平を切り開いた。電波メディアを通しポピュラリティを得た稀有な詩人の一人。

果敢な詩的追求の果てに、現在は小説に移行。詩集に『ふ』『脳膜メンマ』、小説に『高円寺純情商店街』等。

主人公との〝距離感〟を適度に

伊藤◇小説『熊谷突撃商店』は実在の人たちをモデルにした作品ですね。主人公は女優熊谷真実さん、美由紀さん姉妹の母親であり本の誕生を前に病に倒れた清子さん。清子さんの夫や美由紀さんのご主人で若くして逝った俳優松田優作らが登場する。読み終わってから、思わず、僕は志賀直哉らがモデルとなって登場する里見弴の『善心悪心』がまき起こしたトラブルを思い出しました。

ねじめ◆おふたりとも白樺派の作家。ひとつのグループに属していたとはいえ、それぞれに個性的で魅力的です。それに比べ、もちろん自分を含めてのことですが、いまの時代の作家というのは皆同じような顔つきをして、同じような物言いの作品を世に送りだしているような気がします。もちろん、時代的な影響があってのことと思います。

伊藤◇それもありますし、同じ学習院の出身で、同じような家柄に生まれたという〝特殊な環境〟もあったようです。そういう親しい仲間同士でさえ、作品のモデル問題が引き金となり、里見、志賀は長い間、絶交してしまう。具体的に紹介すると、『善心悪心』の中で里見と思われる主人公は電車の事故にあってケガをした、これも一見してモデルが志賀とわかる友人を、義理の兄が医者をしている病院に連れていこうとする。しかし、友人は主人公に性病が露見するのをおそれて、それを嫌う。また、主人公は翌日、友人が助かると知らされて、何か物足りない気がする――といったニュアンスのことまで書いてあったのです。里見先生は志賀がもし死んでしまったら、自分は作家として志賀の上にいけるかもしれないと、一瞬その時思ったといっていましたよ。

ねじめ◆それじゃ、志賀でなくても絶交したくなります（笑）。

伊藤◇『善心悪心』の例にも見たように、モデル小説というのは、身近にモチーフがいるわけですから一見、執筆しやすいような気がする。しかし、モデルとの〝距離〟といった定規で計れない〝間〟がある。

ねじめ◆距離の取り方を間違えたばっかりに主人公の私生活まで深入りしすぎるなど、モデル小説に挑戦しようという作家は、皆さんやはり苦労なさるでしょうね。僕の場合は主人公清子さんの持っていた初うぃしさ、図太さ、そして、フットワークのよさとでもいえばいいのかな、その辺の個性をうまく描ければと願いつつ仕事を進めました。

伊藤◇清子さんの姿を初めて目にしたのは、作品によれば中学生の時だったとか。

ねじめ◆東京・高円寺のうちの近くで、なんでも屋さんを開いたのです。壊れたストーブや、つくかつかないか分からないテレビ、両目の開いたダッコちゃんだとか（笑）、ともかく売れるものならなんでも売っちゃおうというお店でした。清子さんは、イタリアの女優ソフィア・ローレンを連想させる美人でして、胴は細く、胸はドーン、ジーパンをはいて、荒っぽい動作のなかに俊敏さを感じさせる、ともかく周辺の商店街のおばさんにはないタイプで、中学生の僕は清子さんの姿、プロポーションにゾクゾクしました（笑）。子どもでもそんなでしたから、商店街の親父連中は、もう大変。うちの親父なんか、なんだか知らないけど長靴ばかり買ってくるもんだから、お袋に「長靴ばっかり、なんで」って叱られ、「好きなんだよ、ゴム長が。腐るもんじゃないし、いいじゃないか」って開き直ったりして（笑）。

伊藤◇でも、まさか中学生のときから小説のモデルにしようと考えていたわけではないですよね。

ねじめ◆その後、清子さんは吉祥寺で婦人服のお店を開いたりするのですが、その都度、縁があって、偶然、僕の前を歩いていたりするんです。いつだったか、阿佐ヶ谷の駅前の喫茶店の二階でコーヒーを飲んでいて何気なく下を見ていたら、ジーパンに長靴、それにシャベルを担いだ清子さんが小走りしていました。ちょうど雪の日でして、一面、真っ白。女優の倍賞美津子さんじゃないけれど、映画のワン・シーンのようで、なんだか清子さんの姿にだけスポットライトが当たっているような錯覚があって、そのとき、彼女の人生って普通の女性とは違ってたんじゃないかなっていう小説家としての直観めいたものが閃いて、たまたま知り合う機会があった真実さんに「お母さんの小説を書かせて」ってお願いしたわけです。

伊藤◇すぐにＯＫが出たのですか。

ねじめ◆いいえ、清子さんは照れ屋さんでしたから、最初は逃げ回ってばかり。僕が中学生の頃からどんなに憧れていたか説明したりして、何度も何度もお願いしました。そのうち、ねじめ正一って悪いやつじゃなさそうだし、作家にしては結構、腰も低くて偉そうじゃないしとでも思ってくれたんでしょうね（笑）。ゴーサインが出ました。ほんとうに僕のことを信用してくれたんだなとうれしくなったのは、ご亭主が戦死したと思いこんで、ほかに男ができたら、あとでご亭主が生きていることが分かり、あたらしい男から逃げた清子さんのお母さんの話を、小説に書いていいよって認めてくれたときです。

難所は「感情をどう引き出すか」

伊藤◇しかし、書かれる側としては、プライバシーに踏み込んでくると覚悟していても、絶対に触れて欲しくない面もあります。取材中、また、執筆の過程で原稿を目にした清子さんの反応はいかがでしたか。

ねじめ◆お付き合いしているうちに顔の表情で「いまウソをついてるな」とか「話していてもつまんないんだな」といったことの見当がつくようになりましたね。人生とは――といったメッセージぽい内容とか自分の苦労話になると、さもつまんなそうでした。でも自殺しようとしたお姉さんのところへ、ソレとばかり駆けつけたときのことなど、自分のアクションについて語るときはイキイキしてました。執筆した分の原稿に目を通してもらっていると、いつの間にか清子さんは小説の主人公になってるんです。自分の経験を小説世界のなかで追体験するわけです。それでもう、まるで自分が書いているかのごとく錯覚するのでしょうね、「主人公に次はこういう行動をさせて」と、僕に注文をつけるようになりました。

伊藤◇まるで編集者のようですね。

ねじめ◆もういっぱしの編集者（笑）。今回の原稿は、全然、わたしのこと分かってくれてないのね、ねじめさん、小説家としての才能ないんじゃない、といった具合（笑）。きついなあ、でも、なんで僕はそんなことまでこのおばさんに言われなきゃならないんだろうと、ちょっと腹が立ったりしました。

伊藤◇ねじめさんの筆を通じて自分の人生を振りかえることは、時に苦痛をともなう。しかし、清子さんにとって新鮮な出来事だったはずです。清子さんがもっとも感動、喜びを表現したのはどのようなときでしたか。

ねじめ◆「ねじめさん、わたしが口にしたことをそのまま小説にしたってしょうがないじゃない、わたしがそのとき、自分では気づかなかったことを書いてくれなきゃ、嫌」って清子さんはよく僕にパッパをかけてくれました。ですから、それまで気づかなかったこと、あれはいったいどういうことだったのかしらと、それまで清子さんが解決できなかったことに対して、こちらが的を射た答えを準備できたときは喜んでもらえました。たとえば、二十代、三十代に旦那さんに対して抱いていたぼんやりとして言葉にならなかった鬱憤なんかを僕がうまく表現してあげられると、目から鱗、彼女自身、ああ、そうだったんだわと当時の自分の感情に気づき涙ぐんだりしました。ある種の「知的快楽」といったものを感じてもらえたようです。僕と一緒に仕事をすることによって、人生で初めて味わうことのできた喜びだったのではないでしょうか。自覚のなかった感情を、どれだけ引きずり出し描くことができるのか――『熊谷突撃商店』というモデル小説を執筆するうえで、そこが最大の難所でした。

伊藤◇清子さん以上に、たとえば、亡くなったとはいえ、まだまだ根強い人気を保っている俳優松田優作さんをモデルにするうえで何かと気を遣ったのではありませんか。

ねじめ◆清子さん自身、自分のことはまだいいんだけれど、奥さんでもある娘の美由紀さんもいますから、松田優作さんに関する部分はかなり神経質になっていました。ですから彼が登場するあたりから、原稿にOKが得られるまでだいぶ時間がかかるようになりましたね。

伊藤◇それでなくてもこういう作品の場合、実物よりもよく書いてほしいという意識がどうしても働いてしまいますからね。

ねじめ◆年齢的には僕がひとつかふたつ上になりますが、同世代ということもあって、あ、こういう演技は団塊の世代の芸風だよなとか、あ、あれは原田芳雄の影響をうけてるなとかいったことが見えちゃうような気がするもんだから、彼のファンのようには、いまひとつ神話化できないんですよね。だから、非常にはっきり書いちゃったりすると、清子さんから「ここはもうちょっとぼかしてよ」といった注文がついたりしました。

伊藤◇でも松田優作という俳優には、一本筋の通った硬派の生き方をしたなという印象があります。

ねじめ◆自分はこういう人間だということを知っていて、たとえば、やりたくない映画には出演しないといった具合に、人気稼業にとってマイナスの部分も引きうけた一生だったという気がします。なんで俺はこんなにノッポなんだろう、足を切ってしまいたい、そうすれば、もっといろんな役柄ができるのに——といった内容の彼の有名な発言がありますが、そういう自虐性というか人間としての弱みや人を挑発して喧嘩し、それがうれしいだけではなく友情なんだと思っているような性格でした。そういう彼の持ち味を作品のなかで表現したかったのです。

伊藤◇モデル小説を執筆するうえでのポイントは、結局、何でしょうか。

ねじめ◆逃げちゃいけないということです。自分の意見を、その場その場できちんと述べて相手の理解を待つことです。変な意味じゃなく、僕は清子さんを愛していましたし、理解できたと自負しています。それくらいの自信がなくちゃ、モデル小説は書いたらまずいんじゃないでしょうか。

短距離競走とマラソン・レース

伊藤◇ねじめさんは詩集『ふ』でH氏賞を受賞するなど詩人としてスタートしました。小説に方向転換した理由とは何だったのでしょう。

ねじめ◆物語を展開する小説というジャンルの方が自分の意図するところを、よりきちんと表現できるんじゃないかなって考えたからです。もうひとつ、詩人という人種はあまり人間に興味を抱かないものなのですが、ぼくの場合、悪口っていうか人のことばかり喋っている（笑）。十何年も前のことですが、谷川俊太郎さんに「ねじめさんは詩人には珍しくよく人のことばかり言うね。ひょっとして小説家の方が向いてるんじゃないの」ってアドバイスされた記憶があります。

伊藤◇「詩人という人種はあまり人間に興味がない」ということでしたが、もう少し具体的にいうと——。

ねじめ◆詩人って、たとえば、この人はいい人、この人は悪い人、といった具合に人を区別したり、あの人はどんな人間なんだろうといったことをあまり気にとめないものなんです。みんな同じ人に見えちゃうようなところがあるんです。でも、僕は、清子さんのこともそうだけど、この人はこういう時、どんな反応をするんだろうとか、どんな恋愛体験を重ねてきたんだろうか、この女性は男を見る目があるのかしらといったことが気になってしょうがない質なんです（笑）。

伊藤◇作家と呼ばれる人びとは、元来、自己顕示欲が強い。なかでも詩人には、適切な表現ではないかもしれませんが、ナルシストがたくさんいるように思います。

ねじめ◆長いこと客商売（民芸品店）をしてきましたから、こんな表現をするんですが、詩にとっての客、つまり読者って、結局は自分自身――みたいなところがあって、極端に言っちゃえば、自分の詩しか愛さない。自分の詩しか読まないんですよ。それで僕は、根が商人ですから、お客さんがたくさん来ないといやだし、おいでいただける側に、いまはより強い魅力を覚えているわけです。

伊藤◇詩人としてのねじめさんは、散文詩を中心に書いてこられた。ショートショートより、ものによっては短編小説のような、詩としてはかなりの長い文章が多い。それでもやはり詩にはおさまらない、小説という表現方法でなくては言い尽くせぬものがあったということですね。

ねじめ◆最後の詩集となった『いきなり愛の実況放送』を書いたとき、もっと物語として膨らましたい、ディテールを書き込まないとダメだと感じました。表現したいことを納得のいくように言い表すには、詩と比べれば遠回りかもしれないが、小説が適切であり、物を書くうえで描写の楽しさが大事なのではないかと考えたわけです。そこまで書けなかったけど、初めての小説『高円寺純情商店街』では、茶色にてらてらと光る蠅取り紙に蠅が止まって羽をばたつかせている瞬間を、原稿用紙五十枚ほどで描いてみたいと思ったくらい（笑）。そんな動機から小説を書きはじめました。

伊藤◇繰り返しになるかもしれませんが、作家として詩と小説の違いはどこにあると思われますか。

ねじめ◆たとえるなら、短距離競走とマラソンのレースでしょうか。詩は、一〇〇メートルを一気に駆け抜けて筋肉をグッと使った感じ。小説は、走ったことはないけど、四二・一九五キロを完走したら、こんな気分になるだろうなあという印象です。詩の場合は、自分の得意な筋肉だけを動かしたというイメージがありますが、小説は肉体のすべての筋肉を動員し、とことん走って、爽快感はあるものの、へとへとになってなんとか書きおえたなあという感覚です。いまひとつ別の表現をすれば、年齢的なこともあるかもしれませんが、昔から言い習わされてきたように、一気に筋肉を稼働させる詩はやはり青春の文学だと思うし、詩人って、いつも青春してるなって感じます。小説というのは、逆に〝成熟〟に向かって、這いつくばり、ヘロヘロになって前進した結果、世に問うことができるのだというイメージがあります。

伊藤◇たしかに詩人という言葉の響きには、どこか若わかしさを感じます。引き合いに出しては叱られるかもしれませんが、白石かずこさんなど、ファッションや姿形だけではなく精神的にも非常に初ういしいでしょう。

ねじめ◆まだ二十代のお嬢さんって気がしますものね。なんか、汚れてないし。

伊藤◇ねじめさんといえば、プロ野球読売巨人軍の長嶋茂雄監督のファンであることがよく知られていますが、長嶋監督が詩と野球の関係について発言したことがあるとか……。

ねじめ◆詩には、長嶋さんが現役時代に見せた華麗なるプレーのような、身軽さ、カッコよさがあります。そういうわけでもないのでしょうが、初めてお会いしたとき、僕が詩人だと知ると「ほう、詩人ですか、ポエムですね、僕も石川啄木なんか好きだなあ」って感心しながら、「バッターには、ポエムのないバッターとあるバッターがいましてね、ポエムのないバッターというのはですね、フラフラッとボールが上がりますでしょ、そうしますと、相手チームの外野に捕られてしまうんですよ。ポエムのあるバッターというのはですね、バットの根っこに球が当たっても外野手の前にポテンと落ちてヒットになります」って、いまだに意味はよく分からないけど（笑）、素敵なたとえ話でポエムについて解説を加えて下さいました。

〝知的な筋肉〟の疲労回復剤

伊藤◇長嶋監督の采配は、よく「カンピューター」なんて呼ばれて、どこか危うい。詩にも、そういう危うさと妖しさといったものがあるから、長嶋さんのいうこともどこか納得できなくもない（笑）。ねじめさんの作品でいえば、笑いとか、性的なテーマの作品とか朗読会です。

ねじめ◆テレビ番組でビートたけしさんにお会いしたとき、「ねじめさんは、ふんどし詩人だよね」って笑われました。いまだに僕が、ふんどしをつけ便器をまたぎながら朗読会をしていると思っていたみたいで（笑）。僕がそんな恰好をしたり、江戸小咄をとりいれたりしながら朗読会をしたのは、これまでの詩の世界にもっとも不足していたのは笑いだと感じていたからであり、また、意表をついた表現の場でも設けないことには、詩を読者の目の前に届けるのは不可能だと考えたからなんです。

伊藤◇ご婦人がキャーと悲鳴を上げて逃げだしたくなるような作品もありますね。

ねじめ◆詩を書きはじめて間もなくのころ、鈴木志郎康さんに、詩というものはもっと肉体のリズムとか造語、だ洒落なんかとりこんで自由に書けばいい、ねじめさんはだ洒落が好きなんでしょ、だ洒落でいいよ、言葉というものは「ある意味を表現するもの」といった観点からすれば、本来、「縛られている存在」だけど、でも縛ったままでは言葉がかわいそうだから、楽しく、自由に使ってあげればいいんです――と教えられました。それが僕の詩の出発点になったわけです。

伊藤◇とはいっても、詩といえば、暗いという感じもあるけれど、どうしても美しく、きれいなものというイメージがつきまとう。ですから、たとえば、『ケツ穴大移動』とか『定休日うんこ』、といったタイトルを目にしただけで、読者はこれまでにない詩的言語に仰天しただけでなく批判も当然あった……。

ねじめ◆しかし、汚い言葉を用いれば詩の内容まで低劣になるかといえば、そんなことはありません。きれいな言葉を花かごのようにアレンジしたところで、志の低い、つまらない作品はたくさんあります。ですから、「うんこ」＝「汚い」と直観的にその詩を遠ざけてしまうのではなくて、その言葉の向こうに広がる意味、つまり詩人が言わんとしていることを読み取って欲しいのです。そうしていただけないのは寂しいですねえ。

伊藤◇ところで、詩を読む「効用」とはどのような点にあると思いますか。もちろん、なんらかの効用のために詩を書いたり読むわけではないでしょうが。

ねじめ◆詩には、たとえば、ヘンな言葉に出くわしたとき、アレ、この言葉は?って首を傾げながら繰り返して読むうち、ああ、こういうことかって理解する喜びがあります。

伊藤◇ただ、現代詩は難解だというイメージが一般に定着してしまい、避けて通る人も少なくない。僕なども堀口大學のような詩の方が心地よいですもの。

ねじめ◆だまされたと思って、好きな詩人の詩集を毎日毎日、三ヵ月ほど読んでごらんなさい。どんな難しい詩でも、連日のごとくお付き合いしていれば、詩は言葉のオブジェ、言葉の積み重ねですから、その作品が何をいいたいのか、なんとなく見えてきますよ。

伊藤◇理解する喜び、読む喜びを、たくさんの読者に知ってもらいたいと思いますが、今の若い人に三ヵ月も繰り返し読むという根気が果してありますかね。

ねじめ◆喉がカラカラに乾いたときに水を飲みますよね。そんなとき、一気に飲み干す水のうまさみたいな、言葉の快楽って詩にはあるんです。影響を受けた詩人のひとりに金子光晴がいますが、その作品を読むと、いまだに何かこう、からだのどこかにあるに違いない〝知的な筋肉〟とでもいったものが生気を放ちはじめ、疲れがスッと、消えるように思えます。とても不思議です。

伊藤◇ねじめさんにとって、金子光晴の詩はドリンク剤の〝疲労回復剤〟であるわけですね。とすれば疲労回復成分はなんでしょう。

ねじめ◆「詩で疲労回復」というのも妙な、でも詩的な表現ですね（笑）。お答えしますと、その秘密は詩のリズムにあります。リズムのない詩人は、だめ。いい詩人にはそれぞれに独特のリズムがあって、それを読み取ることが大切です。「そこにうんこがある」という詩があったとして、「うんこ」という言葉の好悪はどうでもいいんです。妙な言い方ですが、大切なのは、うんこの持っているリズムを味わうことにあります（笑）。

伊藤◇うんこの持っているリズムですか、やはり詩は難しい――。

［九七年二月◆尾道にて収録］

田村隆一

Tamura Ryuichi

音の奏でる詩

たむら・りゅういち

1923-1998

詩人。戦後、鮎川信夫、北村太郎らと『荒地』に参加。
処女詩集『四千の日と夜』で戦後世界の極限状況を巧緻な詩に昇華させ、
内外に大きな衝撃を与えた。
現代詩をリードしつづけたその存在は「現代詩の巨人」とも称された。
詩集に『言葉のない世界』『緑の思想』『奴隷の歓び』等。

不思議な町の「リズム」

伊藤◇田村さんの詩といえば鋭い文明批評を込めた作品をまず思い浮かべますが、町や自然をモチーフにした作品も結構あるんですね。ホームグラウンドでもある鎌倉の一コマを描いた詩に『鎌倉の枕』というのがありますね。

書さがりの／小町の裏道　路地がぼくは／好きだ／そういうときは朝からウイスキーを飲んでいて／路地の居酒屋に書寝に行くのさ　その店の／小さな坐布団は木綿だから／二つに折って枕にして眠っていると／いつのまにか毛布がかかっていて／灯ともしごろになると／磯の香をサカナに／辛口でも

──『鎌倉の枕』

これなどは田村さんの素顔を彷彿とさせる一篇だと僕は思います。町は詩の宝庫とも思えます。身近な風景からいかに詩が生まれるか、まずは鎌倉という町の魅力からうかがいましょうか。

田村◆鎌倉は不思議な町だと思います。重ねて不思議なのは歴史学者がこれまでその点についてあまり指摘してこなかったことです。何が不思議かといえば、古い都市なのに「近世」というものがない。つまり鎌倉の歴史は、北条氏が滅亡（一三三三）して半農半漁の村に戻ったポイントと、明治二十二年（一八八九）に横須賀線が開通するポイントが直結している。間がすっぽりと抜け落ちています。だから鎌倉からは大政治家や大実業家は輩出されていないのです。そんな都市は世界にも類がないと思います。

伊藤◇その不思議な町にいらしたのは四半世紀以上の昔と聞いております。今日、お話しさせていただいている光明寺、このお寺のある材木座地区周辺にも確かお住まいだったはずですね。

田村◆一年と二ヵ月暮らしました。そもそも鎌倉に居ついてしまったのは、ある年寄りが七十歳になったお祝いをするというので鎌倉にやって来たとき、約束の時間にはまだ間があったので駅前の不動産屋をのぞいた。そうしたら、僕の住んでいた東京のアパートより安いバストイレ付きの新築一戸建てを発見したのがきっかけです。何より家賃の安さが気に入って、それっきり。

伊藤◇材木座には古くからの酒屋が何軒かある、それもまた魅力だったのではありませんか。

田村◆いやいや、歩いて二、三分と、借家が近かったもので、味噌醤油もそこから買うことになったまでで。当時は漁師町でしたから、朝の七時には石油ストーブに火がはいって開店です。そこのおばあちゃんは、僕が店に入ると黙って座布団を置いてビールの栓を抜き、朝刊を置いてくれました。目を通し終わるころにちょうど一本、空くわけです。

伊藤◇毎朝のことですか。

田村◆あの人はアル中ではないかと誤解されてはつまらないので、二週間通っては、次の二週間は知らん顔をして店の前を素通りするといった調子でしたね。

伊藤◇先の詩にもあるように、鎌倉特有の「路地」も田村さんは好んで歩かれている。車も入れないような路地が鎌倉にはたくさんありますね。

田村◆町を人体にたとえれば、路地は静脈であり、毛細血管です。人が生活するうえで路地は欠かせません。鎌倉では、大通りから少し路地に入っただけで人の足音が聞こえてきます。その足音が、実は暮らしのリズムなのです。僕はさまざまな人がおりなす足音のリズムが好きなのです。

〝誤解〟で成り立つ言葉

伊藤◇田村さんは「ドタキャン」とか「チョベリバ」って言葉をご存知ですか。

田村◆いえ、知りません。

伊藤◇若い人たちの間で流行っている言葉です。実は僕も娘におしえてもらったのですが、「ドタキャン」は「土壇場キャンセル」、「チョベリバ」は「超ベリーバット」の意だそうです。

田村◆面白い。アフリカにいるみたい（笑）。

伊藤◇詩人としてこのような言葉をどう思われますか。

田村◆われわれの言葉は今、すっかりテレビ語なのです。活字ではなく映像から言葉が生まれる時代になった。映像は生々しい。活字はかないません。僕はもう時代遅れの産物。半分も理解できない。

伊藤◇時代によって言葉は変わっていく。とりわけ現代の日本語は外来語なくしては成り立たない状態です。これは日本人として喜ぶべき現象なのか、それとも悲しむべきことなのでしょうか。はたまた、国際化の時代においてはさして意味を持たないのでしょうか。

田村◆朝刊一紙に使われている外国語は約八千語といわれます。けれど、これを国際化といっていいのかどうか。僕は、国際化とは現在の段階ではあくまで科学技術の世界においてのみのことだと解釈しています。科学は前進あるのみ。昨日まで単価二百円だった半導体が今日は一銭にもならないという、すさまじい世界です。不可逆性そのもの、それが科学の宿命です。真の意味での国際化となると、僕たちは〝ナショナル〟を大事にしなくちゃならない。〝ナショナル〟と〝ナショナル〟の交流こそ国際化なのであって、〝ナショナル〟なき国際化はありえない。国際化にはコミュニケーションのための言葉が欠かせません。しかし、言葉とは本来的に誤解を前提にしています。そうでなくては成り立たない。どのような内容を、どう正確に伝えるか。上手な〝誤解の仕方〟を徐々に学んでいく——そのような意味において賢くなることが、人間の成長ということなのです。

伊藤◇それでなくても日本語は、音訓読み、漢字とカナなど、外国語と比較してはるかに難しい言語といわれています。

田村◆他の言語には必ずルーツがあります。枝葉があります。ところが、日本語とエスキモーの言葉のご先祖はハッキリしない。日本語はさまざまな言葉の影響を受けて生まれた複合体です。だから日本語は難しい。僕は日本人でよかったと思います。もし外国人に生まれて日本語を勉強しろといわれたら、首をくくって死ぬしかない（笑）。

伊藤◇現代の若者も「ドタキャン」など新しい言葉には敏感な一方、日本語を正しく使うという面では衰えているような気がします。

田村◆言葉の力が衰えたのは若者だけでなく、日本人全体の問題です。これには僕は持論がある。戦後、当用漢字が定められたのを機に、これ幸いと新聞がルビを無くしてしまった。ルビっていうのはつくる方も手間がかかりますからね。ルビがあったから、僕らは子どもの頃、新聞を読みながら漢字の勉強ができた。小学生でも中里介山くらい読めたんですから。戦後の漢字制限ほどおかしな文教政策はありません。中国みたいな多民族国家なら話は分かる。公用語はできるだけ単純化しないと政治的にも難しい問題が生じます。でも、日本では必要なかったんじゃないか。

詩の生まれる余地なき社会

伊藤◇そういった言葉のあり方の変化は、人間の存在自体に影響を及ぼすのではないでしょうか。

田村◆つまり、僕たちの言葉は「母国語」といいます。母国語というのは一般的な意味での言葉とは少し違います。学校で習う言葉じゃない。この世に生まれてから、両親、祖父母、兄弟、または近所のおじさん、おばさんなどから聞いて「音」で覚える言葉なのです。空や花を最初から文字で覚える子はいません。ソラ、ハナ、と、まずは音で覚えます。そして学校に行くようになって、「ああ、空っていうのはこういう字を書くのか」となる。それが母国語です。はっきりいいますと、僕たちは言葉から生まれたのです。生みの親である言葉だから母国語。親に変化が生じたら、子であるわれわれに影響が及ぶのは当然のことです。

伊藤◇詩を育む精神的な土壌もまた、変わってくるのではないですか。

田村◆それは言葉の問題というより、社会のあり方によるところが大きい。少し戦争の話をしてもよろしいですか。その中にヒントがある。

伊藤◇田村さんは確か戦中、海軍にいらした。りりしい軍服姿の写真を見たことがあります。

田村◆鎌倉に住んでいた海軍の軍人さんの中に、木村某という駆逐艦乗りの少将がいました。一時占領したアリューシャン・キスカ島から、米軍に気づかれずに五千人の日本人将兵を撤退させるという離れ業をやってのけた軍人です。海の男でしたから一年の半分ほどしか家にはいなかった。家では酒ばかり飲んでゴロゴロし、奥さんや子どもたちには馬鹿にされていたようです。しかし、いざという時には本領を発揮する。海軍は陸軍と異なり実力本位、実務、経験重視であって、陸軍大学を出たとか幼年学校を終えたなどというキャリアにはこだわらない。ですから、このような海軍少将のような人間も生まれたと思うのです。そのような学歴や経済効率ばかりではかれない人間の登場する社会こそ文明社会と呼べるのであって、幼稚園に入るための予備校があるような社会は、僕にいわせれば〝末世〟です。詩の生まれる余地はどこにあるのか。

伊藤◇いい大学、一流の会社に入るためのレールから外れないことが、まだまだ日本では大きな価値を占めていますね。

田村◆語弊を恐れずにいえば、詩歌も、俳諧も、しょせんは暇つぶしの所産なのです。今の日本は、この暇つぶしが足りない。暇つぶしの存在しない国に文化なし。みんな同じような利口そうな顔になってしまった。ぼんやりとして、あいつは馬鹿だねぇといわれるような奴はいない。今の社会の仕組みはポカンとする余裕を与えないのです。その結果、詩を失ってしまった。

伊藤◇ほんの少しの休暇をとっただけで、罪悪感を抱いてしまうような社会です。

田村◆ポカンとした時間をどうつくっていくか、工夫しなくてはなりません。

伊藤◇白石かずこさんは著書『黒い羊の物語』の中で、田村さんを「わたしの中でいかなることがあっても絶対に徹頭徹尾偉大《グレイト》な詩人」と評している。グレイトな詩人の発言だけに「ポカン」という言葉にも何か、重みを感じなくてはいけませんかね（笑）。

田村◆エンプティという意味ではありませんので、念のため。人の悪口にエネルギーを使うなら、ポカンとする方に時間を割いた方がいい。

自然体で心の宝物に

伊藤◇ところで、そういった時間から生まれてくる言葉の芸術――詩とは何なのでしょう。

田村◆詩とはまず、楽しむものです。音楽に耳を傾けるように、いい芝居を見るように、楽しむものです。そして、誤解が生じるかもしれませんが、詩は「音」です。いい絵に出合ったときのような精神的な興奮で読み手を満たす力、それが詩のパワーです。

伊藤◇「音」といいますと?

田村◆僕たちの心に残るのは「意味」ではない。意味だとすれば解釈が必要であり、さっき申し上げたようにあらゆる誤解が生まれてきます。しかし、音は誤解のしようがありません。

伊藤◇本日、朗読のために準備していただいた作品の中に萩原朔太郎の『竹』を選ばれた理由も、音にあるのですか。

田村◆はい。西脇順三郎や三好達治もそれにつらなる詩人なのですが、それまでなかった日本語の音をつくりだしたのが朔太郎でした。

光る地面に竹が生え、/青竹が生え、/地下には竹の根が生え、/根がしだいにほそらみ、／根の先より繊毛が生え、／かすかにけぶる繊毛が生え、／かすかにふるえ。

——萩原朔太郎『竹』

伊藤◇詩は意味ではなく音を解すればいいということであれば、難解な詩も、少しは気楽なものに思えてきます。

田村◆退屈と思ったら途中で読むのをやめればいい。この一行は面白いと感じたら覚えておかれるといい。気に入りの詩を自分で探して見つけ、惚れ込むのです。自分で見つけることが既に詩的な行為なのです。あるアメリカの婦人に好きな詩人は誰ですかと質問したら、Ｌｏｖｅという動詞で答えてくれました。その通り、「ラブする」のです。自然体で詩に向き合ってもらえるなら、詩は必ず読み手の心の宝物になるはずです。いろいろな詩をたくさんの人たちと共有できてこそ、僕は人間的な社会なのではないかと感じています。

伊藤◇詩はＬｏｖｅである——日本人には、そう思ってはいてもいえそうもないセリフですね。

［九六年一二月◆鎌倉にて収録］

堀口すみれ子

Horiguchi Sumireko

父の詩　私の詩

ほりぐち・すみれこ

1945-

詩人、エッセイスト。堀口大學の長女として生まれる。大學との交流をつづったエッセーで注目を集めた後、詩作をはじめる。2000年夏、10年余の詩作からセレクトした第一詩集『風のあしおと』を発表。エスプリのきいた詩風は父・大學を彷彿させる。エッセー集に『虹の館』等。

「父の詩」との出合い

伊藤◇僕は堀口さんの父・大學先生をよく存じあげていますが、ああいう偉大な詩人の娘として詩を書くのはキックありませんか。やはり、いつかはご自分でも詩を書こうという思いはあったのですか。

堀口◆いいえ、詩人の娘でありながら、詩とは縁遠い生活を送っていました。父から詩集や訳詩集をもらっても読むこともなく、本棚に積み上げていく一方でした。わざわざ「すみれ子へ　父より」とサインまでしてもらいましたのに。父が亡くなった後、寂しくてしかたなく、父の作品を読むようになったのが詩にふれたきっかけです。

伊藤◇大學先生には娘に自分の詩を読んでほしいという思いはかなり強くあったと思います。なのに、なぜ読まなかったのですか。

堀口◆流行りの小説などは結構、読んでいました。父にも頼んでよく買ってもらったものです。でも、「こういうものより僕の本を読んだ方がためになるんだがなぁ」といつもいっていました。父という存在が私には身近過ぎて、関心が向かなかったのかもしれません。

伊藤◇亡くなられてから初めて堀口大學の詩と向かい合うというのは、僕などからしてみればもったいない気もします。

堀口◆父とは詩や文学の話などしたこともありませんでした。今思えば、もったいなかったような、とはいえ親子とはそんなものなのかなとも思ったり……。父の詩を読むようになったのは、父にふれたい、その一心からでした。

伊藤◇あらためて読まれたときの印象はいかがでしたか。

堀口◆笑われてしまうでしょうけれど、実は、もしかしたら私でも真似くらいはできるかな、と思ってしまったのです。それが間違いの始まり（笑）。今ではもう、詩を書くことは私には楽しみよりも苦しみの方が大きくて、今さらながら父のすごさを感じています。

伊藤◇苦しみというのは具体的にはどのようなことですか。

堀口◆思うように表現できないもどかしさ、というのでしょうか。なぜ詩を書くのかと聞かれたら、私は「自分のために書く」と答えます。とはいえ、自分の中に湧き上がったイメージをうまく表現できない苦しみはいつもあります。最近は特にそう思いますね。

伊藤◇何のために表現するかというのは文学に限らず、芸術に携わる者にとっては永遠のテーマだと思います。「自分のために」というのは、極論してしまえば読み手にはわからなくてもいい、という意味でしょうか。

堀口◆ひとつだけいえるのは、詩は人に読んでもらうのを前提にして書くものではないということです。でも、私の場合、読者をまったく視野に入れないわけではありません。「自分のために」

というのは、出来た作品が私自身そのもの、という意味なのです。私自身を詩にすることで、何らかのニュアンスが伝わればいいと思っています。開き直って、わからなくてもいいと思ってしまうこともありますけれど（笑）。父はよく「詩はたった一人の読者がよしとしてくれればいいのだ」といっていました。その言葉を頼りに書かせていただいています。

伊藤◇さまざまでしょうが、敢えて聞きますと、一篇の詩が出来るまでにはどのくらいの時間を要しますか。

堀口◆そうですね、常に頭の片隅で意識しているのは確かなのですけれど……。おそらく皆さんそうではないかと思うのですが、私は机に向かうのが嫌いなのです（笑）。みそぎとでもいいますか、いろいろなことを儀式のようにして――たとえば部屋を片付けてみたり、お風呂に入ってみたり――そしてもうしょうがないという段になって、頭の中にしまってある詩の世界に入っていく、そんな風に書くこともあります。かと思えば、本当にぽこんと、歌うように出来てしまうこともあります。

言葉にケチは詩人の美徳

伊藤◇永井龍男さんは新しい作品に取り組む時は、机の上はおろか、押入れの中まで片づけないと気がすまないといっていました（笑）。

堀口◆その気持ちはよくわかります。

伊藤◇大學先生もそうですが、堀口さんの詩も概して短いですよね。詩の公募コンテストなどみると、近年は一見して散文と区別をつけにくい、散文詩が好まれる傾向にあるようです。散文詩というのはどうしても説明的になりがちで、モチーフを小説やエッセーに生かした方がいい作品もあります。詩のスタイルについてはどのようにお考えですか。

堀口◆言葉にケチは詩人の美徳、というのが基本です。多弁を弄さず、短いなかでいかに言葉を尽くすかに努めるようにしています。そうして表現していくのが詩を書くことだと思っています。生前、父はよく「言葉は浅く、心は深く」と語っていました。父の詩を読むとほとんどその言葉通りで、読み返すたびにすごいなと思います。

伊藤◇ポルトガルを代表する詩人にルイス・デ・カモンイスがいます。『ウズ・ルジアダス』（ルシタニアの人びと）という、九千行に及ぶ壮大な叙事詩を書いた人です。ユーラシア大陸の最西端、ロカ岬の記念碑にその一節が刻まれています。「ここに陸つき、海はじまる」。たったこれだけなのですが、その地に立つと非常に感動を覚えます。これは訳の素晴らしさが感動を増幅しているんですね。断崖の上から遙か彼方に広がる大西洋を見ていると、その一節がリアリティをもって迫ってくる。短いだけにとても強い言葉だと感じます。

堀口◆たとえば感動的な風景に出合った時、それにふさわしい言葉を探すことができるかどうかが大切です。単語をどうつなげるか、どこで改行するか……言葉の流れにも気を遣います。

伊藤◇短いほどリズムが重要になりますね。

堀口◆私たちが忘れられない詩の一節を挙げるとき、意味ではなくリズムで記憶していることの方が多いのではないでしょうか。父もリズムをとても大切にしていました。私の耳は貝の殻、海の響をなつかしむ——（『耳』ジャン・コクトー作、堀口大學訳）。思いめぐらさずとも、すんなり口をついて出てくるのはリズムのいい証拠。私自身、音を巧みに使いこなそうと、父の真似をしてみてはいるのですが……偉大さを思い知らされるばかり。

伊藤◇そういえば仏文学者の河盛好蔵さんが、大學の詩のリズムについては「われわれ現代人は悲しみもまた快いリズムに乗ってわれわれの涙を誘い、胸をしめつけることを要求する。堀口さんの詩は、その要求を初めて満たしてくれたのである」といっています。ところで、たとえば俳句なら有季定型といった伝統を重んじる傾向がありますが、詩の場合もやはり伝統は守られるべきと思いますか。

堀口◆自由詩にはそのようなはっきりとしたルールはありません。ただ、日本語の世界で生きてきた人間には、日本語独特のリズムや語感などがしみついています。からだのうちに脈々と流れている、そういった感覚的なものを壊したいという人もいていいとは思いますが、私はこだわっていたい方ですね。

伊藤◇一方で、現代詩は言葉が難しくて理解できないという声もよく聞きます。やさしい言葉でわかりやすく文章を書くのは、難解に書くよりも難しいと、何人かの作家から聞いたことがあります。どうして詩の多くは言葉が難解なのでしょう。

堀口◆私も同感です。父も生前、よくそういっておりました。細かなパズルのように言葉を組み合わせたり、哲学の世界に分け入っていくような詩を好んで書く人もいらっしゃいます。私は言葉に灯をともす——といいますか、シンプルな、それでいて深いものを感じさせる詩がたくさんあっていいと思います。何か、近頃は詩が偉くなり過ぎたような気がします。

伊藤◇堀口さんの詩の場合、確かに日常的な、身の回りにある身近な言葉を見受ける。それは意識してのことですか。

堀口◆そうです。自分の言葉でなければ自分を表現することはできません。普段使わない言葉や、自分の〝引出し〟にないものは使いようがない。恥ずかしいのですが、引出しの中身はほとんど父の言葉です。

伊藤◇能や歌舞伎など世襲制の世界では、名優であることが条件でしょうが、親の芸に似ているのが最高とされる場合がある。そういったことは意識の中にありますか。

堀口◆ありません。父の詩と私の詩はまったく別のものです。父のレベルに少しでも近づきたいとは思いますが、グレードが違い過ぎます。

伊藤◇しかし、大學先生が書かなかった部分、あるいは書けなかったような表現をしているというのもあるはずです。それが堀口さんのいう〝自分自身〟ではないでしょうか。詩のモチーフ、創作に向かう動機もまた、それに関わってくる重要な問題です。

堀口◆詩の種はどこにでもあるものです。気が惹かれる、インスピレーションを与えてくれるものは何か。その違いが人により作風の違いにもなるのでしょう。私の場合は身近にある「自然」がいちばん多いかもしれません。

伊藤◇海、樹木、草花、小動物、水——自然のモチーフが堀口さんの詩には確かに多い。そして自然への温かな眼差しを感じる。

堀口◆いつもそうとは限りません。私の暮らす葉山でも最近は宅地開発などで自然が失われてしまうことが多く、少しばかり怒りの色を帯びた詩になることもあります。困ったなと思うのですが、これも「私」と割り切っています。

生活が育む詩の種

伊藤◇僕が堀口大學の作品をすごいと思うのは、訳詩においても自分の世界をきちんと表現されていることです。フランス語はまったくわかりませんが、『月下の一群』などは、おそらく原文を越えたレベルのものだと思っています。詩の翻訳というのは散文に比べて非常に難しい。そう思いませんか。

堀口◆訳詩というのは単なる置き換えではなく言葉の味わいやニュアンスまで含まれますから、確かに難しいものだと思います。父は訳詩に関してこういっておりました。「流行っている詩だからとか、名のある詩人だからといって訳すのではない、〝所有欲〟で訳す」のだと。まるで恋人にふれるように、自分のものにしたくて訳したのだと。父の場合は翻訳のための翻訳ではなかったのです。詩を書くのと同様に「自分のために」訳した。だから父の世界を表現できたのだと思います。

伊藤◇それと堀口大學はヨーロッパ生活が長かったというのも重要なポイントでしょうね。

堀口◆一時にせよ、かの地の詩人たちと同じ空気を吸い、交流できたというのは大事なこと。それが『月下の一群』という一冊をもたらしたことは、何か神聖なことのようにも思えます。フランス語は父にとってはまったく生活の一部でした。

伊藤◇大學の詩を育んだのがヨーロッパでの生活だとしたら、堀口さんの詩を育んだのは父君との生活にあったのではないでしょうか。存命中、お宅にうかがうごとに、椿や紫陽花など季節の花々が水鉢に浮かべられているのを家のあちこちで見た記憶があります。

堀口◆父は花がとても好きでした。温室栽培の立派なものから野の草花まで、花なら何でも。私が幼い頃、父が道端で摘んできたタンポポを小さな青磁の器にさしてくれたことがありました。

そして「面白いよ、夜になると眠るよ、朝になるとちゃんと起きるよ」というのです。

伊藤◇いかにも堀口大學的な表現ですね。

堀口◆それを聞いて、どんなふうに花が寝たり起きたりするのか、実際にこの目で確かめたくなりました。けれども、子どもですからこらえ性もなく、ずっと見続けることは叶いません。気がつくといつも花は閉じたり、開いたりした後でした。父は「すみれ子がまばたきをしている間に花は閉じてしまうのさ」と笑っていました。

伊藤◇大學先生とは何度もお酒をご一緒させていただきましたが、いつも穏やかないい酒でした。いつだったか葉山で父君と里見弴、小林秀雄という面々で飲んだ時、情け容赦ない小林さんの舌鋒に場の空気がいささか緊張したことがありました。その時も、場を和らげたのは大學先生の何気ないひと言でした。

堀口◆父との思い出をたどると、晩酌している父の膝の上で酒の肴を口に入れてもらっている幼い頃の光景に行き着きます。父は入院した時以外は晩酌を欠かしませんでした。盃を手に、その日につくった詩や短歌を聞かせてくれたりもしました。時々、「ちょっと待って」と二階の書斎に上がって行き、十五分ほどして戻ってくると一篇の詩ができあがっていたりすることもありました。

伊藤◇堀口さんの『月夜の虹』、

一陣の神風に／つれ去られた人よ／あれから九度目の秋がきて／今宵もあなたをさがします

堀口◆この作品は父親を思う心に満ちていて、僕には堀口大學のイメージと重なります。父の辞世とされる『詩を漁る』という四行詩をふまえてのものです。

水に沈んだ月かげです／つかのま浮ぶ魚影です／言葉の網で追いすがる／百に一つのチャンスです

——堀口大學『詩を漁る』より

伊藤◇詩にあるように、『月夜の虹』は父が亡くなって九度目の秋につくったものです。書きながら、涙がこぼれたのを今も鮮明に思い出します。名詩というだけでなく、詩人の苦しみも伝わってきます。

［九九年二月◆葉山にて収録］

中井貴恵

Nakai Kie

言葉と音と想像力

なかい・きえ

1957-

女優、エッセイスト。78年市川崑監督の「女王蜂」でヒロインデビュー。
「制覇」「人生劇場」などに出演。
女優業の傍ら文筆も手がけ、著書に『父の贈りもの』『娘から娘へ』等。
近年は絵本の読み聞かせ活動も積極的に行っている。
父は俳優佐田啓二、弟は中井貴一。

「あーちゃん」の朗読に涙

伊藤◇女優、エッセイスト、妻、そして母親としてご多忙の毎日だと思います。お子さんはもう、いくつになりましたか。

中井◆上の子は今年四月で小学校四年生、下が幼稚園の最後の年です。ふたりとも女の子なんです。

伊藤◇中井さんには、キャスター・ポエムコンテストの一回目の審査員をお願いしました。その折、ねじめ正一さんの『かあさんになったあーちゃん』という詩の朗読に、中井さんは思わず涙したという話は、いまも印象に残っています。

中井◆ねじめさんの詩は、大上段に構えているわけでもなく、とくに言葉を厳選して使っているという印象も受けません。まるで、子どもが思いつくままに、ただ言葉として羅列しているだけといった感じなのに、なぜこんなにも感動するんだろうと、自分でもちょっと不思議な気がしました。

伊藤◇ちなみに『かあさんになったあーちゃん』のさわりを紹介すると、「あーちゃんは　いつつのおんなのこです。／かあさんのおけしょうするのを　みていると　あーちゃんも／かあさんのように　おけしょうしたくって――」といった具合です。このあと、あーちゃんは鏡台の前に座って、パタパタ、シュッシュとお化粧し、いつの間にかお母さんの気分になっていくという、平仮名とカタカナばかりの楽しい作品です。つい涙したのは、お嬢さんたちのことと、ねじめさんの詩のイメージが重なり合う部分があったからではないでしょうか。

中井◆そうかもしれません。しかも、それまで、詩とは、もっと気取ったものという思い込みと、詩はカッコいいことを書かなければならないものだという偏見を持っていたのです。そのうえ、ねじめさんの朗読はインパクトがありましたから、あれほど感動したのかもしれません。

伊藤◇たしかに、ねじめさんの朗読は迫力、スピードとも満点（笑）。ねじめさんの朗読に限ってのことではありませんが、言葉そのものに感動を覚えるというよりも、その時の周囲の状況などから受ける影響のほうが大きいケースもあると思います。紙の上に書いてある文字に対しては、ほとんど意識を払わないのに、それが人の口をついて出ると、言葉が途端に立ち上がって生命を持つようなケースもありますから。

中井◆言葉というものは不思議な性質を持っています。たとえば、手書きにするか、ワープロにするかで手紙を受け取る側の印象が全然、違ってきます。私の場合は、自分が話しているようにしか書かないというか、書けないのですが。

伊藤◇エッセーなど執筆するときはワープロですか。

中井◆メールなどでは使いますが、原稿書きには使いません。

伊藤◇古典派ですね（笑）。最近では詩までワープロで書くという人もいるそうですよ。

中井◆ワープロだと、なんだか文章のリズムがつかめなくて。確かに、漢字変換するときなどは便利だろうと思いますが、それよりも文章はまずリズムが大事だと考えていますので、やはり手書きの方が書きやすいですね。今でも原稿用紙を抱えて歩いています。そういう面でまったくの少数派です（笑）。それに、私の場合、間違った漢字を書いても、編集の方が訂正してくれますから（笑）。

伊藤◇手書き派ということは、中井さんはたぶん小説家肌でしょうかね。ワープロとは、一つの意味を持つ記号である言葉を、さらに記号化する道具だと思います。すべてをワープロの責任にするつもりもありませんが、最近、言葉が機能的になり過ぎている気がします。言葉には、単に伝達手段としての役割だけではなく、もう少しプラスアルファの要素があるはずです。

中井◆たとえば、悲鳴ひとつにしても、原稿用紙のマス目を三つぐらい使いたい「キャ――」のときもあるし、一つだけですむ場合もあると思うのです。先日、上の子どもが原稿用紙十枚のお話を創っているのを見ていたときにも、そんなことを感じました。

伊藤◇学校の宿題だったのですか。

中井◆最近の子どもたちは文章を綴る力や、お話を創造する力に欠けているようで、学校でも力を入れているらしいのです。小学校三年生ということもあって、確かにストーリーを展開するだけでも大変でした。十枚書くのに三日くらいかかっていたのですが、横から見ていると、たとえば、空を飛ぶシーンでは「びよよよよ――――ん」と表現しているのです。「ピョン」と飛んだのとは違うのだと、彼女自身が考えていたから、そういう言葉になったのでしょう。飛ぶ様子を言葉にしたらどうなるのか、その考えた結果が表れています。やはり鉛筆で原稿用紙に書かせると面白いなと思いました。

「紙が側転してる」に驚きと感心

伊藤◇若い頃にお付き合いいただいた作家の生原稿は、原稿用紙の余白にそれぞれの作家の持つ匂いとか色みたいなものが感じられて、楽しいものでした。書いてあることは同じにしても、機能的なワープロ原稿とは異なった趣がある。少なくても僕個人についていえば手書き原稿が好きです。でも最近は、ワープロの方が読みやすくて楽だからと、若い編集者には圧倒的にワープロ歓迎派が多い。つまるところ読者が目にするのは活字なんですから、僕のような考えはノスタルジックに過ぎると批判されるかもしれませんが。ところで、お子さんが初めて話した言葉を覚えていますか。

中井◆普通は、「ママ」らしいのですが、うちの場合は、「ギュウギュウ」とか「バアバア」とか（笑）。子どもにとっては、言いやすい言葉と、なかなか発音できない言葉があるのでしょう。最初の言葉よりも、うまく言えなくて変な言葉でしゃべっていたことの方が面白くて記憶に残っています。たとえば、下の子は「乳母車」を「うるがむら」と言ったり。「うるがむら」の方が、「乳母車」よりずっと発音しにくかろうにと思たものですが（笑）。それが、いつの間にか口にしなくなってしまいました。間違っていることがわかって、言わなくなる。そうすると、まだ回らない口でそんな言葉を話していたことすら忘れてしまいます。とても寂しいです。

伊藤◇最初は子どもの発する言葉のひとつひとつに感激していたのに、時間とともにそれが薄れてしまう。結構、親も身勝手なところがある（笑）。

中井◆こんなこともありました。ある風の強い日のことです。道路を歩いていたら、チラシが風に乗って飛んできたのを見た子どもが「紙が側転してる」と表現しました。幼稚園のお友だちにスポーツクラブに通っている子がいて、その子がくるくる回って「側転っていうんだよ」と教えてくれたらしいのです。「側転」という言葉を知っていたことにも驚きましたが、風に舞っているチラシが、この子には、側転しているように見えるのか、なるほどなあと感心しました。

伊藤◇そういう独創的な表現は、よほど子どもの方が大人より優れているかもしれませんね。

中井◆ただ子どもも成長につれて面白味を失って行くように思います。先日、新聞の作文コンクールの審査員をしました。小学校部門は一年生から六年生まで一緒なのですが、六歳と十二歳とでは、当然、語彙力や文章力に大きな開きがあります。これを、どうやって同じ土俵の上で審査するのか、とても疑問でした。ところが、断然いい作品は一年生から三年生までなのです。一年生の書いたものなど、字は間違っていてもインパクトがありました。ところが高学年になるに従って、テーマも文章も構成も無難になり、面白い作品は少なくなりました。個性がだんだん失われ、「普通」になってしまうのです。

伊藤◇どこに問題があると思いますか。教育制度でしょうか、社会全体の環境でしょうか。それとも親？

中井◆うちの子もだんだんつまらなくなってきましたから（笑）、親にも問題はあるかと思います。でも、最も大きな責任は、子どもたちのそれぞれの個性を引き伸ばそうとするのではなく、表現は適切でないかもしれませんが、出る杭は打ってしまう、現在の画一的な義務教育にあると思います。

伊藤◇たとえば、「紙が側転している」と作文に書いたとして、それを素晴らしい発想だと受けとめてくれる先生はどれだけいるでしょうか。「風に舞っている」と書きなさい、その子はそう指導されそうな気もします。

中井◆先生に「ダメ」と言われることで、子どもは萎縮してしまいます。子どもは大人の顔色をうかがうのが上手ですから、端から否定されるに決まっている先生に対しては、何も話さなくなります。四、五年生にもなると可も不可もないような作文を書くようになる責任は、大人の側にあるのではないでしょうか。

伊藤◇漢字の読み書きのテストと違います。感性の問題です。答えはひとつだけではありません。いろいろな表現があっていい。僕の周辺の作家たちの作品が、大学入試の問題に使われています。でも、作品を書いた当の作家たちが、その設問に答えられないという笑い話のような話をよく耳にします。こういった事例からも、日本の教育現場は、伸びやかな発想が生まれてこない土壌になってしまっている気がします。

中井◆おっしゃる通りだと思います。せっかくの個性は徐々に失われ、子どもたちは均一化していきます。それを良しとするのが現在の日本の社会なのでしょうけれど、なんだかつまらない。

音楽でより力を発揮する言葉

伊藤◇子どもたちに感動を与えようと、絵本の読み聞かせをされているそうですね。

中井◆去年の十月から「大人と子供のための読みきかせの会」の活動を開始しました。朗読するだけではなく、畳一畳ほどもある大きな絵を見せながらの読み聞かせです。音楽も流します。

伊藤◇女優さんとしての仕事ではないのですね。

中井◆一個人としての、まったくのボランティアです。

伊藤◇きっかけは。

中井◆『つりばしゆらゆら』という本との出合いです。子どもたちには生まれてからずっと、寝いたら、彼女が泣き出したのです。涙を見せたのは、そのときが初めてでした。

伊藤◇そんなに悲しい物語なのですか。

中井◆いえ、だれかが死んでしまったというような悲しい話ではありません。会いたい女の子に会えなかったというだけの、どちらかというと切ないお話です。読んであげているうち、そういえばむかし、私にもそういう気持ちになったことがあったなあと郷愁にかられ、涙が浮かびそうになったのですが、子どもの前で泣くのは恥ずかしいし、と堪えていました。そうしたら、子どもがポロポロ泣いているんです。どうしたのって顔を覗いたところ、「会えなかったねえ。会いたかったのに」って、とても悲しそうな表情をしていました。

伊藤◇それまで泣いたことのなかった子どもさんが初めて泣いた。物語には、それ相応の秘められた力があるんでしょうね。

中井◆この本には絶対に何かあると、私も思いました。そして、読み聞かせによってたくさんの子どもたちに感動を与えられたら素晴らしいなあと考えるようになったのです。

伊藤◇物語のそのパワーは、当然、その作者の内面から誕生しているはず。作者はどのような方ですか。

中井◆母と同じ年代の森山京さんという方です。言葉がとっても美しい。だから、行間に溢れる森山さんの思いといったようなものを音楽で表現してあげたら、手にとって読んでもらうより、ずっと子どもたちの心に訴えることができるのではないかと考えました。そこで、知り合いに頼んで作曲してもらい、クラシックなど既成の曲も少し付け加えて、音楽が出来上がりました。はじめはお話と曲だけのつもりでしたが、いざ幼稚園で読み聞かせをする段になって、やっぱり絵を見せないと子どもはすぐ飽きてしまうんじゃないかなと心配になり、お友だちのお母さんに大きな絵を描いていただき、絵本をつくることになったのです。

伊藤◇それが、音楽とお話と絵がいっしょに楽しめる「読みきかせの会」となった。

中井◆私ひとりでは、とてもできなかったでしょう。仲間が見つかったので始められたのです。全員が幼い子を抱えたお母さんたちなので、活動はとても大変です。でも、ご主人はじめご家族の協力を得て、ここまでやってこられました。

伊藤◇会の名称に「大人と子供のための」と冠したのは、なぜでしょう。日本語の乱れはいまに始まったことではありませんが、先ほどの話では『つりばしゆらゆら』は日本語がとても美しいということでしたから、大人にもその美しさを再認識してもらいたいという願いもあったのでしょうし、仕事や暮らしのストレスに疲れた大人たちに伝えたいメッセージもそこには込められていたのでしょうが――。

中井◆物語そのものは、山あり谷ありといった内容ではなく、実に淡々とした、誤解を恐れずに言えば、むしろ、あまり面白くないお話なんです。でも、いま作ったように物語に込められたメッセージや言葉の美しさは、絶対、大人にも子どもにも楽しんでもらえるという自信があったので、あえて大人も一緒に聞いてもらえる会にしました。各地で会を開いてきましたが、子どもたちはもちろん、狙い通り、大人にも好評です。

伊藤◇面白いですね。単純に考えれば、自らの子ども時代へのノスタルジーなのでしょうけれど、決してそれだけではないはずです。先ほどの手書き派かワープロ派かの話にも通じると思いますが、デジタル時代の到来によって忘れ去られた、やすらぎのようなものを感じるのではないでしょうか。

中井◆そうだと思います。大人になると、読み聞かせをしてもらうなんて経験はほとんどありませんから、本を読んでもらうという行為の心地よさに、まず魅了されるのだと思います。だからこそ、物語の秘めるメッセージもまた、きちんと伝わるのではないでしょうか。そのうえ、美しい言葉と音楽が一体になることで、さらに言葉の持つ力が発揮されるのではないかとも感じます。

伊藤◇音楽はテーマか何かで、喫茶店などのようにＢＧＭとして流すのですか。言葉と音楽の一体感が、さらに言葉の持つ力を発揮する——という発言には賛成します。ただ、贅沢なようですが、ＢＧＭではなんだか物足りない気もします。かといって、生演奏では物入りでしょうし。

中井◆実はすべてライブなんですよ。ピアノのほか、琴と尺八のときもあります。ですから会を開くには、最低でも四人必要になります。仕掛けをした大きな絵を繰って紙芝居のように見せる人、ピアノその他の演奏者、それに朗読の私。正直言って、大変なこともありますが、子どもたちに目と耳と心で、見てもらいたい、聞いてもらいたい、感動してもらいたいと思うと、疲れも吹き飛びます。

感じる力の鈍化した子の怖さ

伊藤◇地道な活動は、いずれ子どもたちの心に大きな果実を結ぶものと思います。ところで、活動の舞台はどういうところになるんですか。

中井◆幼稚園や小学校、大人の方たちのためにロータリークラブの例会に行ったこともありますし、病院なども回っています。先日も小児病院にまいりました。点滴をつけたりペースメーカーをつけたりした子どもたちが、本当におとなしく聞いてくれました。ふだんお母さんに読んでもらうのとは、また違う感動があるのだろうなと思いました。

伊藤◇当初は、果してみなさん喜んでくれるかなあといった不安はありませんでしたか。

中井◆受け入れてもらえる自信は少しだけでした。だから、まずは自分たちの子どもの幼稚園や小学校から回ろうと思い立ちました。インターネットでホームページを開設したりもしました。そうしたら、あっという間に、あちらこちらからお声をかけていただくことになって――。

伊藤◇テレビゲームなど持っていない、したことがないという子どもを探し出すことの不可能な時代です。少年の凶悪な犯罪が起きると、ゲームの影響が取り沙汰されたりもします。そんな社会環境に生きる子どもたちの反応はどうですか。

中井◆小学生の感想文には、「自分で読んだときには少しも面白いと思わなかったのに、今日、聞いたら、すごく面白かった。こんなにいい話だとは思わなかった」という内容のものがたくさんあって喜んでいます。読み手に相当の理解力でもあれば別ですが、日本語の持つ美しさを活字、書き文字だけで次の世代に受け継いでいくには限界があるのではないでしょうか。子どもたちの感想文にもあるように、やはり、音、リズムの力も欠かせないように思います。

伊藤◇ねじめさんの詩に感動したのも、作者の朗読を耳にしたからという話でしたね。

中井◆読み聞かせという手法によって、言葉の力はさらにアップするのだという事実を、この数ヶ月の活動で実感できました。

伊藤◇これまでも触れてきたように、言葉の生命力は、やはり人が口から発することで生まれるのだと思います。

中井◆そのうえで、音楽と一体となることによって、言葉の世界はより一層、広がりを持つことが可能になるんですね。

伊藤◇絵本を朗読したりエッセーをお書きになったりしていると、共感したり、逆に、なんだか空々しいなあと思う言葉、言葉の使い方があると思います。その差はどこから生じてくると思いますか。

中井◆私自身について言えば、あまりに凝ったような、つくられ過ぎたような言葉の使い方、表現はどうも苦手。その時の気持ちを、素直に表現したものが好きです。

伊藤◇お嬢さんの「紙が側転する」みたいな表現ですね。僕は、受け手、聞き手に意図するところを、きちんと伝えることのできる言葉に、日頃、拘りを持っています。

中井◆自分の言葉で、自分の気持ちをどれだけ伝えられるかということですね。そのためには、手紙を書くことが非常に大切だと思います。子どもにも書かせます。お礼状にしても、ありきたりな言い回しではなく、自分らしいことを、何かひとつでも書けるようになってほしいと思うから。私も子どもの頃、母から手紙を書かされました。

伊藤◇言葉の使い方という観点から考えるとき、手紙というのは大事です。全集などでも書簡集は特に興味をそそります。でも残念なことですが、これだけ携帯電話が幅を利かせる時代になると、若い人たちはますます手紙を書かなくなるでしょうね。

中井◆情報通信網がいくら発達したからといえ、手紙が姿を消すことはないと思います。携帯電話でもEメールでも、そして手紙であっても、どんな伝達手段を活用するにしろ、所詮、自分の心で何かを感じない限り、言葉にはならないわけで、私は、そういう意味では、感じる力といったものが鈍っている子どもが増えているような気がして、むしろそちらの方が怖いです。いま時の子どもは「何か感じるでしょ」「感じたでしょ」って、常に問いかけないと、何も感じられなくなってきているような気がしてなりません。

伊藤◇受け手に感じる心がなければ、いくらメッセージが良くても、なんにもなりませんものね。

中井◆そのとおりです。

伊藤◇読み聞かせの活動も、試みのひとつだと思いますが、ある程度、大人が子どもたちの感受性を養う場などを整えてあげることが必要な時代のような気もします。

中井◆読み聞かせの場合、さらに想像の余地を残しておくことも大切と考えています。もちろん絵は見せているのですが、それにとらわれる必要はありません。音楽とともにお話を聞くことで、子どもも大人も、その物語の世界に、想像力の翼を大きく広げてくれればうれしいのですが。

伊藤◇感動する力と想像力は二一世紀を創る子どもたちばかりではなく、中高年世代がいきいきとした老後を迎えるためにも不可欠。その源泉としての言葉のパワーのあらたな発掘が続いていくといいですね。

［九九年三月◆東京・田園調布にて収録］

黛まどか

Mayuzumi Madoka

俳句に映るいまの「時代」

まゆずみ・まどか

1965-

俳人。みずみずしい感性光る処女句集『B面の夏』が話題を呼んだ。

女性だけのメンバーによる等身大の俳句会「ヘップバーン」を展開、俳句界に新風を巻き起こす。

新聞、雑誌ほか多方面で活躍している。

句集に『花ごろも』、エッセー集に『聖夜の朝』『ここにあなたのいる不思議』等。

俳句と「察しの文化」

伊藤◇最近は発句をする若い人も多いようですが、一昔前は俳句といえば宗匠頭巾に代表されるようなイメージがありました。黛さんが俳句にのめりこんだ理由って何でしょう。

黛◆やはり、短いという一言に尽きます。三十一文字の短歌さえ、わたしには後の七七がどうしても長く感じられて。短いゆえに楽しく、また逆に、それゆえの苦しみもありますが。短いところに、日本人独特の「察しの文化」、あえていわなくとも自分の思いを表現できるという面白さがあります。

伊藤◇「察しの文化」とは、具体的にはどういうことになります。

黛◆秘すれば花といいますか、いわないところでそれとなく匂わせるのが、つくり手にとっての俳句の楽しさなのです。読み手にとってもそう。十七文字には表れていない、「余白」をどう読むかが俳句を味わうことだと思います。そのような意味では、俳句ほど、送り手と受け手の「阿吽の呼吸」でコミュニケーションできる文学表現はほかにないのでは、とも思います。

伊藤◇これは宮崎緑さんと例にした話ですが、ポルトガルの大学で、芭蕉の「古池や蛙飛びこむ水の音」を紹介したら、学生にいったいその蛙は何匹なのか、と質問をされました。日本と西欧の感性の違いを改めて考えさせられました。

黛◆わたしも中国に行ったとき、同じような思いをしました。その日はちょうど十五夜で、皆で月を眺めていました。そのとき、日本には十六夜、立待月、居待月というような、十五夜を過ぎてしだいに欠けてゆく月を愛でる習慣があるけれど、こちらでもそのような習慣はありますか、と聞いたのです。そうしたら、ない、というんですね。やや欠けた月を愛でるというのは、日本人独特の美学なのだと気づきました。たとえば桜の季語にも落花、花屑、花筏といった、「散りぎわ」の美しさを表す言葉がたくさんあります。その辺りの感覚は、四季のうつろいに敏感な日本人ならではのものと思います。

伊藤◇僕たちにはあたりまえの感覚でも、自然環境や文化の違いで美の認識もまったく違ってくる。それが文化の「核」である言葉に表れてくるのは、当然のことです。

黛◆どのていど美を認めるかの「差」はあっても、その根っこにある詩情、ポエジーは共通している場合も多いのではないでしょうか。無月《むげつ》という季語があります。これは十五夜のとき、月が雲にかくれていて、ほんのり明るい空を指すものです。中国の人にこの話をしたら、一篇の詩を教えてくれました。月は出ているか、出ていないか、出ているとしたら夢はなくなる……といった内容の詩でした。その原点にあるのは、無月という言葉を発明した日本人と同じポエジーだな、と思ったものでした。美意識に差はあっても、一点通じあっていれば、その差は乗り越えられるのではと感じました。

伊藤◇田村隆一さんは言葉の意味それ自体より、言葉のリズムのほうが詩では重要だといっていました。俳句には五七五という決められたリズムがありますね。

黛◆それも大きな魅力のひとつです。五七五、いわゆる七五調のリズムにのせると、普段なら照れてしまうようなことでもいえてしまう。日本人の血の中に内在律としてあるリズムではないでしょうか。

「定型」と「自由」

伊藤◇句集を目にしますと、若わかしい感覚でありながら、きちんと季語を用いるなど基本的にはオーソドックスな手法ですね。

黛◆わたしの俳句は何となく口語体、無季俳句と思われがちなのですが、実は全て有季定型、文語文法、旧仮名遣いです。ひと頃、無季俳句や自由律俳句等が話題になりましたが、個人的には有季定型というルールをクリアしたものだけが俳句、と思っています。

伊藤◇主宰されている結社誌『ヘップバーン』の表紙にも〝有季定型に恋をする〟というキャッチコピーがある。基本形を大切にしたいとする理由は何でしょう。

黛◆俳句も他の日本の文化——茶道や華道と同様に、「型」があって初めて成立する文化だと思っているからです。そのことは実際に『ヘップバーン』を始めてからより感じるようになりました。自分自身でも意外だったのですが、若い人が俳句を始めると、束縛の中に自由を見つける楽しさ、枠の中ではじける快感に惹かれていくんですね。型があるからこそ、自由奔放に舞台の上で踊れるというような。ですから、もし季語がなくていい、自由律でもいいといわれたら、逆に途方に暮れてしまう気がします。

伊藤◇現代はある意味〝自由な社会〟。そのような中で、形や枠を求める人が多いというのはちょっと意外。人間の複雑な一面を見るようで面白いですね。

黛◆鈴木真砂女さんという九十二歳になられる女流俳人がいらっしゃいます。明治にお生まれになられ、まだ姦通罪があった頃にご自身の波瀾の恋を詠まれた方です。その俳句が読む人の心を打つのは、当時はまだ女性の生き方そのものに〝定型〟があったからだと思うのです。女ならばこうあるべしという、時代の価値観を打ち破るために、彼女は羽ばたいたのだと思います。今は、普通の主婦が不倫をしても別に何でもないといった風潮があります。生き方の〝定型〟が薄れつつある時代のなかで、女性の心のどこかに、それに代わるものを求めるところがあるのではないでしょうか。

伊藤◇出自は華族の柳原白蓮という、やはり姦通罪が存在していた時代に生きた歌人がいます。彼女もまた年下の男と駆け落ちをした。新聞に夫への〝三行半〟まで掲載して世間を賑わわせたのですが、当時の女性の社会的地位がどのようなものであったのか、推し量ることのできる事件だと思います。

黛◆時代によって価値観は違ってきて当然だとは思いますが、何かを表現していく上では、生き方に定型がないのは不幸です。でも、ないものを求めても仕方がない。たとえば恋を詠んだとしても、「軽い」とか「ドライ」などといわれてしまう。でも、この時代に立ち合っている以上、仕方のないことだと思うのです。たとえ人と会う約束をしていたとしても、今は携帯電話で数分前にドタキャンできてしまう。人間同士が〝会う〟ということの重さも、昔とは変わってきている。そんなことも含め、感じたものを素直に詠んでいくことが、むしろ時代の哀しみを表現していくことにもなるのかな、と思っています。

俳句で結ばれた〝縁〟

伊藤◇俳句や短歌には、結社に属して創作に励むという古くからの伝統があります。黛さんの活動は同名の月刊誌まで発行する「ヘップバーン」という組織が大きな基盤となっているようですが、結社というものの存在はどうとらえますか。

黛◆俳句も短歌も、短いがゆえに「座」がないと成立しない文芸です。十七文字、三十一文字である以上、ひとりストイックにならないといい作品はできません。けれど逆に、ひとりよがりに陥ってしまう危険な面もあります。結社という「座」のなかで、自分の創作が果して文芸として成立しているのかどうか確認する。結社は、短詩型の文学だからこそ必要とされるものです。

伊藤◇結社は研鑽の場、いわば道場ということでしょうか。

黛◆もちろんある一面ではそうです。ただ、それだけではありません。〝俳縁〟という言葉があります。「俳句で結ばれた縁は血よりも濃い」ということなのですが、それは、互いに〝察する〟ことで理解しあえる者同士の絆なのです。言葉にしなくても分かりあえる。そこがまた、俳句で結ばれた集団ならではの喜びなのですね。

伊藤◇黛さんはたとえば「サザン」のような、若い層に身近な言葉を〝新季語〟として取り入れる試みをされている。

黛◆あらためて季語を見直すことは、わたしたち「ヘップバーン」の大きな柱のひとつでもありますし、やはりこの時代に関わっている俳人としてやるべき仕事だと感じています。ただ、マスコミには「サザンが季語とは面白い」とだけ取り上げられて、一般には浮ついた感じに捉えられがちです。わたしたちとしては今はできるだけ間口を広げて、自由な発想で言葉を集めている段階です。たとえば「肉まん」は冬、といったように。それらの中から、ひとつでもふたつでも、次代に残る新たな季語が見つかればいい、くらいの気持ちです。

伊藤◇季語といえば何だか古典的な印象を受けますが、あたりまえの話ですができたときは皆、新季語だったはず。季語ではありませんが、「ひと目惚れ」という言葉、僕の文学の師である里見弴先生は、自分がある英語文章から訳してつくったものだ、と自慢していましたよ。言葉は生き物ですから、おのずと〝生き死に〟はあるものです。

黛◆芭蕉もずいぶん新季語にはこだわっていて、生涯にひとつ見つかればいいとしていました。わたしたちもまったく同じ考えです。新季語に関しては、臆せず、でも慎重に取り組んでいきたいですね。

伊藤◇芸術一般にいえることだと思いますが、やはり遊びの部分がないとつまらない。小林秀雄さんは俳句を文学のなかでは少し〝遊び〟寄りの世界と位置づけていた。酒の席で酔いが回ると例の「第二芸術論」をもちだして気炎をあげていた。

黛◆わたしは、俳句は遊びを含んでいるくらいの芸術でいいと思っています。俳句ブームといわれて久しいですが、実際は決してそうではありません。以前、二千人以上も属している結社に八年間在籍していましたが、その間ずっと末っ子でした。八年間、自分より年下の人はひとりも入ってこなかったのです。それで〝俳句隆盛〟などとはいえないのではないかと。「ヘップバーン」をつくったのは、ピラミッドの頂点を高くするには底辺を広げるしかないと考えたからです。俳壇の中には、底辺を広げると頂点も下がると考える方も多いので軋轢もあります。でも、より多くの人に俳句の魅力を知ってもらうことこそ、俳句の未来のためには大切なことです。

男の分、女の分

伊藤◇中里恒子さんは〝女流作家〟と呼ばれることを非常に嫌がった。この話は色々の例として僕は持ち出しますが、中里さんの『時雨の記』に、足袋のこはぜをはずして、こはぜとこはぜの間にもきちっとアイロンをかけるというような描写がある。こういう表現は女性の作家にしか書けない。僕は、女性と男性の間に作風の違いがあって当然だし、女流作家と呼ばれるのが、なぜそんなに嫌なんですかと聞いたことがありました。

黛◆わたしが生きていく上での男女の違いというものに目覚めたのは大学生の時でした。伊藤野枝ら時代に抗って生きた女性たちを描いた、瀬戸内寂聴さんの本を読んで大きな衝撃を受けたのです。今、自分が満喫している〝自由〟は、これらの女性たちの闘いの上に成り立っているんだな、と気付かされました。と同時に、自分が女性であるということも強く意識し始めました。

伊藤◇女性を意識するというのは、具体的にはどのような時ですか。

黛◆男と女は互いに侵すことのできない領域を持っているということです。以前、熊野の伝統的な祭りを見たことがあります。神社の火を男が家に持ち帰り、女がそれを神棚に灯すのですが、女性は外に出てはいけないために女人禁制の祭りともいわれています。だけどわたしは、この祭りは〝女の祭り〟でもあると思いました。火を灯すという大切な役割を担っているのですから。

男女の役割が明確に区別されているだけのこと。俳句の中でも役割というか、男女の「違い」というのはあると思います。

伊藤◇男と女でおのずと役割が違ってくるのは当然のことだと思います。昨今は男女の「機会均等」が何についていても叫ばれて、迂闊なことをいったら「セクハラ」呼ばわりされてしまう。だからもしかしたら〝女流〟なんていってはいけないのかもしれない（笑）。

黛◆俳句でも、やはり女性にしか表現できないこと、男性でしか捉えられない部分がありますし、逆にそれがなければつまらないと思います。女だから祭りの火を持って駆け降りることはできないけれど、他のことなら任せて下さいというような。互いに競い合って認め合うのが面白いのではないでしょうか。

デジタル時代と俳句

伊藤◇デジタル流行りの今日では、Ｅメールばかりか、インターネットを使っての句会もあると聞きます。人の顔が見えず、ペーパーレスの時代にあっては、言葉の扱い方もおのずと変化するような気がしませんか。

黛◆わたしが思う句会の良さというのは、インターネットの世界では欠落してしまうアナログ的な部分なのです。たとえば皆で同じ月を見ているのに、互いに感覚の異なる句を作って思わず顔を見合わせてしまう、というような。それで、句会の後に皆、いっしょに木枯らしに吹かれて帰るとか。そういった、同じ空間を共有してこそ直に感じられる部分が欠落してしまう。その辺りが言葉の扱いにも表れてくるかもしれません。

伊藤◇言葉に対する感覚が変わると、今まで培ってきた、守るべき伝統にも影響が及ぶような気がします。

黛◆伝統を受け継ぐということは、よきものだけではなく、先人が苦しんだ「痛み」も含めて受け継ぐことです。新季語のこともそうですが、前の時代の痛みも引き受けながら、今の時代の痛みとともに、次の世代の人たちにバトンタッチしていく。その繰り返しが伝統というものなのです。そのような感覚はデジタルには馴染まないような気がします。「記録」と「記憶」の違いといいますか、言葉としては完璧に残るとしても「寒さ」や「痛み」といった、からだや心で感じる部分は残せないのではないでしょうか。

伊藤◇ワープロやパソコンのような画面に表示される文字には、人の温かみがないような気がしませんか。

黛◆Eメールを始めて、ひとつ面白いことに気がつきました。Eメールを使うと皆、詩人になれてしまうんですね。たとえば、それまでごく普通の関係だった男性がいきなり恋の告白をしてきたり。手紙のように残らないから、何でも気軽に書けてしまう。紙の上とは違って、立ち止まって考えるということがないからだと思います。それから、Eメールは瞬時に届いてしまいますから、何か気の利いたことを書かなければというプレッシャーもあるのかもしれません。ある人に相談したらそれはEメールの功罪で、皆、同じ悩みを抱えているんだといっていました。だから、受けるほうもケロッと受け流せばいいんだ、と。デジタル社会ならではの言葉の使われ方だと感じています。

伊藤◇江藤淳さんは評論はワープロだが、エッセーは手書きといっていました。僕は未だ手書き専門です。ただ僕の場合は江藤さんと違ってワープロが出来ないだけのことですが（笑）。黛さんはワープロですか、それとも手書きですか。

黛◆簡単な手紙ならEメールを打ちますが、俳句とかエッセーはどうしても手書きじゃないとダメです。キーボードでは発想の段階から何も浮かばない。紙に向かわないと言葉が出てこないんです。ですから、まめに原稿用紙に向かいますね。仕上げの段階では文章の入れ替えが簡単なワープロのほうがいいのかもしれませんが、最初の発想の時点では紙とペンです。キーボードだと、何か言葉のリズムまで違ってくるような気がします。

「美しい嘘」

伊藤◇最近では境界線があやふやになりつつあるともいわれますが、たとえば小説には、純文学どうでしょう。

黛◆特に意識したことはありません。ただ、作品が一人歩きしたときに、読み手の持つ印象はさまざまだとは思います。わたしの場合にはこんなことがありました。三冊目の句集『花ごろも』を出したのは、最初の句集『B面の夏』から二年ほど後のことでした。「二年たって中身が深くなった、成長した」とお褒めの言葉をいただいたのですが、実はどちらも同じ頃に詠んだ句を収めたものだったのです。『B面の夏』は若い人にも分かりやすいものをということで、古典的な、オーソドックスな句はあえて外して編集しました。『花ごろも』はそのときに入れられなかったものを中心に編んだ句集です。これはまったく編集の妙というべきもので、わたし自身は区別して句を詠むということはありません。

伊藤◇詩や俳句に限らないことですが、書き手の意思と読み手の解釈にズレが生じることは珍しくない。荒川洋治さんのように、詩は自分に向かって書くのだからどう解釈されてもかまわない、という人もいます。黛さんは、自分の作品の理解のされ方をどう思いますか。

黛◆読むほうも自分の経験と照らし合わせて読むしかないのですから、それは仕方のないことです。男女の差異はもちろん、年齢、経験の幅というのも解釈を左右する大きな要素でしょう。

伊藤◇つくる側に目を転じれば、俳句は短いだけに何よりも感性が重要だと思います。見たこと、感じたことをたった十七文字に凝縮するわけですから、言葉に対するよりすぐれた感覚が必要とされると思います。黛さんが俳句をつくるうえでもっとも大事にしていることとは何でしょう。

黛◆同じものを見ていても、それをどう料理するかが感性です。目の前の風景をあるがままに詠んでもつまらない。浮かび上がったさまざまなイメージをいかに組み合わせるか。そのためにはどんな言葉がふさわしいのかをいつも考えます。わたしはどこまで美しい嘘をつけるかが、いい作品をつくるポイントだと考えています。やはり、いい作品にするためには美しい嘘はつかなければいけないでしょうし、その嘘のつき方が「勝負」なのかな、と思うのです。

伊藤◇散文であれ、短詩型であれ、いずれもつくり手は言葉の造物者ですものね。

［九九年二月◆東京・赤坂にて収録］

EPO

EPO

言葉と感情の紡ぐ歌

えぽ

1960-

シンガーソングライター。80年「DOWN TOWN」でデビュー。日本ポップスシーンの最前線で活躍後、89年に渡英。アルバムの日英同時リリースを果たす。

現在はコンサートのほか「流し」や「大道芸」など視野に入れ、「時代や世代を越えた唄のあり方」を追求している。

「原風景」は台所で歌う母

伊藤◇デビューは、確か学生時代でしたね。いつだったか、プロフィールを目にして、体育大学卒業とあったので音楽大学の間違いではないかと首を傾げたことがあります。

EPO◆デビューは十九歳、体育大学の学生でした。なぜ音楽をする人間が体育大学に入学したのって、これまでもたくさんの人に尋ねられました。でも、自分を表現するという意味では、音楽もスポーツもあまり変わりないのではないかと思います。詩を書き、曲をつくり、自分で演奏することも、走って記録を更新することも、どちらも自分という人間の存在の証しを築いていくことです。また、音楽も運動も「自ら行う心地よい作業」であることに変わりはありません。

伊藤◇行政の管轄からいっても、スポーツも芸術も、同じ文部省ですしね（笑）。

EPO◆そういわれてみればそうですね（笑）。同じ官庁の担当だからというわけではもちろんないのですが、これからはスポーツもまた芸術の範疇にとらえられていくような気がします。なぜなら、たとえば、最近のスポーツ選手は美意識が高い。ただ体育会系というだけでなく、美しく、爽やかな人が増えました。美女や美男子という意味ではなく（笑）、つまり、単にいい汗をかこうと駆けるだけでなくて、自己表現、自己実現のひとつの手段と位置づけているように思えます。オリンピック選手のインタビューを聞いていても、外見的にも精神的にもそういった意見を述べる人が増えたのではないでしょうか。

伊藤◇たしかに、スポーツ、そして、詩、音楽の世界には、自己表現、自己実現をめざす点で共通性があります。むかしは、運動選手は無口で寡黙——が通り相場でした。でも最近では、口数の少ないことにかけては代表格のようなお相撲さんにさえ、饒舌な力士が多くなりました。駅伝のアンカーのなかにはゴールテープを切るときのポーズを前もってイメージしておく選手がいるといった話もよく聞く。戦う瞬間だけでなく、その前後を含めて、ひとりの人間として自分はどうあればよいのか意識するようになってきている気がします。しかし、それをはしたないと指摘する頭の固い人もまだまだいないではありませんが。

EPO◆話は飛躍してしまいますが、学生時代にシュタイナー教育を学ぶ授業がありました。シュタイナー教育では、学ぶということは、「アート」だと教えられました。数学であれ、音楽や体育であれ、すべてを自己を表現するためのアートとするのです。その考え方にとても共感しました。

伊藤◇具体的には、どのような授業内容でしたか。

EPO◆歴史でメソポタミア文明について学ぶとすると、その文明が紀元前何年に興ったかなんてことは、黒板に書いて教えたりしません。どうするかといえば、たとえば、粘土細工の壺を子ども達につくらせます。当時の人たちが毎日使っていた生活の中の工芸品づくりを通じて、その時代の人びとの体験を、時空を越え共有させるのです。知識は活字としてだけではなく肉体を通じて記憶にインプットされることになります。ですから、なかなか忘れることはできません。こんな授業が日常的にもあったらと思います。

伊藤◇いわゆる「カラダ」で覚えるということでしょうか。むかし、文壇のある大御所から、文章修業のひとつとして、名作といわれる作品を次から次へと原稿用紙に書き写したと思い出話を聞かされたことがありますよ。

EPO◆粘土をこねたり、それに絵を描いたり、つまり、手や頭を実際に働かせて学ぶのですから、たしかに体で覚えるという表現は当たっているかもしれません。

伊藤◇きっとシュタイナー教育の影響もあるのでしょうが、歌を歌うようになったきっかけは。若い頃お目にかかった作家の一人に、日本にプロレタリア文学をもたらした小牧近江という人がいます。小牧は『異国の戦争』という著書の中で第一次世界大戦の勃発について触れ、ああいう事変が起こるからには、それなりの土壌があった。その土壌は時間をかけて熟成されたものだ、ある日、突然、ドカンと戦火があがったわけではないと指摘しています。僕はこの一節にことあるごとに納得させられることがあります。良きにつけ悪しきにつけ、世界の歴史であれ個人の歴史であれ、ある結果が導きだされるには、それなりの理由、背景があるはずだと。

EPO◆私もそう思いますね。歌にまつわる記憶をたどる時、まず脳裏に浮かぶのは、台所で歌っていた母の姿です。トントンと包丁の音をたてながら、いつも母は歌を口ずさんでいました。子どもに抱きついたり、子どもとじゃれ合ったり、そういったベタベタしたところのあまりない人でしたけど、私は歌によって母親の存在をいつも身近に感じていたわけです。台所でハミングしている母の存在は、いつも安堵感を与えてくれました。

伊藤◇台所で歌うお母さんの姿が、のちのシンガー・ソングライターの「原風景」だった——。

EPO◆タクシーのラジオから流れてくる音楽を聞いていて、とても懐かしい気持ちになった経験があります。母がいつも口ずさんでいた『胸の振り子』という曲だったのです。母は音痴でしたから（笑）、メロディーは全然違っていました。でも、歌にこめられていた母の思いは、自然とこころのうちに宿されていたんでしょうね、そのとき突然、母が台所で歌っていた姿が押し寄せてきました。記憶の扉が、パッと開いたのです。音楽には、そういう力があるのだと、しみじみ感じました。

震えるほどの感動との出合い

伊藤◇幼い頃の影響は確かに大きいでしょうね。ただ、お母さんの台所の歌をいつも耳にしたからといって、また、胎教や幼児教育で音楽をいつも聴かせたからって、だれもがＥＰＯというようなシンガー・ソングライターになれるわけではない（笑）。

EPO◆向き不向きもありますし、それぞれに持って生まれた可能性は別ですから。

伊藤◇小さい頃から楽器の稽古に励んだりしたのですか。

EPO◆子どもの頃からピアノを習わされていました。もっとも、当時は子どもにピアノやバレエなど、いろいろなお稽古ごとをさせるのが流行だったので、わが家でもピアノを習わせただけなのです。ほとんど、親の見栄（笑）。お稽古ぎらいの私は、父が買ってきてくれた童謡集のページを開き、ピアノを弾きながら歌ったりしていました。それが高じて、家で飼っている鳥や動物をヒントに詩を書き、歌うようになりました。

伊藤◇稽古はきらいでも歌ったり詩を綴ったり、やはり「栴檀は双葉より芳し」……ということなのでしょう。

EPO◆ただ、詩を書き歌うとはいっても、だれかに聞いてもらうためではなく、その日のニュースを書き留めておく自分のための日記のようなものだったように思います。

伊藤◇そのうちに曲づくりも本格化して、いつしかプロのシンガーへの道を歩みはじめた……。

EPO◆高校生のとき、ニッポン放送の作品募集に応募して、東北・関東・甲信越大会で優勝しました。それをきっかけに、音楽関係者や放送局の人たちと知り合うことになります。でも、最初にプロにならないかとお誘いがあったときには、大学受験を控えていたのでお断りしました。清涼飲料水のCMソングのアルバイトをしないかというお話があったのは、体育大学入学後のことです。初めてスタジオで歌い、お金をいただきました。

伊藤◇メロディーが浮かぶとき、詩ができそうだと感じるとき、そして、曲のイメージが湧いてくる瞬間とは、どういうときですか。

EPO◆震えるほどの感動に出合ったときです。そして、幸せなときより、むしろ悲しいとき。こころが曇ってしまうような痛みを感じるときの方が、とても強い歌が生まれてくるような気がします。たとえば、『見知らぬ手と手』という曲があります。この歌をつくった当時、実は音楽活動をやめてしまおうかと迷っていました。現代社会のような、経済効率第一主義のような世の中にあっては、自分の音楽はあまり求められていないのではないか。ほんとうに音楽が好きなら、メディアや世の流行に左右されることなく、本当に私の歌を愛してくれる人たちの前だけで歌いたい、私のことを求めてくれる人が必ずいるはずだ。――その頃は、そんな思いが募っていたのです。

伊藤◇いわゆる落ち込んだ時期がやはりあったんですね。

EPO◆もちろんです。山の手線の電車の中で、「青年海外協力隊隊員募集」の広告を見つけたのは、そんなときでした。青年海外協力隊には前から興味がありましたから、海外で仕事をするためにはどんな条件が必要なのか興味深く読んでいるうちに、ハッとわれに返りました。いったい自分に何ができるのだろう、それに海外へ渡るということは、それまでの自分のキャリア、E

POというものを捨てていくことだ。ほんとうに、そんなことができるのかしら——その問いかけが頭から離れなくなったとき、この歌ができたのです。

伊藤◇それが『見知らぬ手と手』ですね。「何が私をこんなに動かすの／会ったことなどない人なのに——」。EPOさんの場合、初めに詞がありき、か、それともメロディーが先ですか。

EPO◆同時です。いろいろなことを自分自身に問いかけているうちに、たくさんの人たちに伝えたいことがイメージとして湧いてきます。また、音はこういうトーンで、とインスピレーションが働くのです。

伊藤◇テレビやラジオでよく耳にするEPO作のCMソングは、スポンサーの意向であらかじめテーマが決められているのですか。

EPO◆スポンサーからは、たとえば、「時間なら午後一時くらい。お母さんと子どもが昼寝をしているようなイメージで。賛美歌に近い、さわやかな〝聖なる世界〟のイメージでお願いします」というふうな依頼を受けます。その言葉を思い浮かべながら、メインメロディーはこんなかなとポロンポロンやっているうちに、言葉が生まれてきます。わずか十五秒間のCMに、小さなドラマの世界を創造するわけです。この場合も、やはり最初のイメージがはっきりしていれば、詞もメロディーも同時に誕生します。ただ、CMソングの場合、音楽だけで言葉がつかないこと、他のミュージシャンの曲が原形として使われるケースもあります。そんなこともあって、自分の作品とCMソングでは、言葉も音楽もまったく違ってきます。

『ペチカ』と『秋刀魚の歌』の背景

伊藤◇作詞の際の言葉の選び方に、何かEPO流のセオリーってありますか。

EPO◆音とともに詞をつくっていく場合と言葉だけを文章化するときとでは、言葉の選択肢がまったく異なります。伝えたいテーマがこころに芽生えて、歌にしたいなあと思ったときには、とりあえず、音に言葉を置いてみます。でも、どうも座りがしっくりこないとか、なんか気恥ずかしいなあと感じたら、それはどこかに無理のある言葉えらびをしていたり、率直な感情をストレートな言葉で表現できていないことが多いのです。感情と言葉の連携がうまくいかなければ歌になりません。逆に、どんなシンプルな言葉でも、感情と一体となっていれば、その言葉によって表現しようとしている深い意味まで相手には伝わるものです。

伊藤◇文章もあるリズムがないと心にしみてきませんからね。

EPO◆日本語の場合、すべてを説明するまでもなく、その文脈から切りとった一場面を口にするだけで、文章が伝えようとする風景の全体像が見えてくることがあります。風景の向こう側に存在するんじゃないかしらと思われる世界まで、こころのなかに広がって感じられることだって少なくはないのです。それは日本語という言語のマジックであり、優れた特徴だとずっと思ってきました。

伊藤◇そう。それに加えて歌の生まれてきた背景を知ることで、その歌の意味の深さをよく理解できることもある。たとえば、北原白秋の『ペチカ』。白秋の三浦三崎へいわば都落ちした事情などを頭に置いて聴くと、ちょっと辛くなることもある。

EPO◆『ペチカ』はとても好きな歌のひとつです。白秋の都落ちの背後には、隣の家の奥さんとの不倫の影響があったとか。

伊藤◇ええ、白秋はその事件で女性の夫から訴えられて。それで東京には居られなくなり、神奈川県の三浦三崎に移る。そこで書いたのが、名作『城ケ島の雨』です。童謡をつくり始めたのは、それから十年ほど後のことです。

EPO◆たとえば、『ペチカ』の一節には、「雪のふる夜は楽しいペチカ／ペチカ燃えろよ、お話しましょ／むかしむかしよ／燃えろよ、ペチカ」とあります。白秋の事件についての説明をうかがって、「お話しましょ」とか「むかしむかしよ」という言葉には、あかあかと燃えるペチカを囲んで、単になつかしい思い出話やむかし話に花を咲かせましょうというのではなく、もっと生臭い何かがあるような気がしてきました。

伊藤◇白秋はひょっとしたら人生の浮き沈みにまつわる万感を、その言葉に秘めたのかもしれません。もうひとつ例を挙げると、佐藤春夫の『秋刀魚の歌』の中にも作者の複雑な思いが交錯しています。

EPO◆佐藤春夫と谷崎潤一郎、千代子夫人の、今風にいえば〝トンでる〟関係でしょ。

伊藤◇谷崎が千代子夫人を春夫に譲った有名な事件ですよね。前後いろいろ複雑な事情はありますが、とにかく一度は千代子を春夫に譲ろうと申し出た谷崎が、イザ、そのときになって、やはり譲らないと前言を翻した。そこで谷崎と春夫は絶交します。そういう背景の中で生まれたのが『秋刀魚の歌』です。歌われている「人に捨てられんとする人妻と／妻にそむかれたる男と食卓にむかへば／愛うすき父を持ちし女の児は」は、春夫と千代子、そして、谷崎と千代子の間にできた女の子。谷崎不在の夕餉に、三人で食卓を囲んでいる姿が歌いこまれているわけです。

EPO◆作家の身に生じたことが、すべて、その作家の一部分になって作品にも反映される。だから作品に説得力があるんですよね。空想の中から生まれた作品もあるけど、私も体験的なものから出てくるイメージの方が強いですね。

伊藤◇ひとつの作品が生まれてくるからには、どこかに「芽」があり、それが成長して作品に結実する。その土壌を知ることによって、作品への理解がより深まる。とはいっても、理屈など抜きにして心に響けば、それはそれで十分ということもありますけどね。

「平面」から「立体」へ

EPO◆言葉だけでは平面的だったものが、曲をつけることで立体的になるような気がします。つまり、人間の五感に訴えるパワーが格段と強まるのです。そのために、うまく説明できないけど、時々、音に色までついて見えてくることがあるんですよ。言葉や詩に音が付けられることによって、人間の情感はより豊かになります。

伊藤◇「ポエム塾」で、ＥＰＯさんのお気に入りの堀口大學の詩に即興で曲をつけてもらいましたよね。あのとき、曲が与えられることで作品のイメージがこんなにも広がるんだと再認識させられました。

EPO◆大學先生の詩はどれも好き。ポエム塾では、歌にしやすいリズムを持った作品を選びました。最初に選んだのが、『海水浴』です。

砂のお菓子をつくりましょう／念には念を入れましょう／海の遠くを眺めましょう／雲が白帆に見えましょう／銀の魚がとびましょう／太陽を射る矢のように／海がみどりの牧場なら／波は羊のむれでしょう／砂のお菓子をつくりましょう／そして羊にやりましょう

詩を読みあげたとき、童話のような素朴なイメージを感じました。そして、三拍子で挑戦してみようかなと閃いたとき、メロディーが浮かんできたんです。次に取りあげたのは『すぎた日頃』でした。これも、まず朗読してみました。

行ってしまった／遠くの方へ／すぎた日頃は／よい日であった／すぎた日頃よ／かえらぬ昨日／泣くのをやめよう／私のこころ／海と山との／景色がのこる／一人でなげく／心のために／行ってしまった／遠くの方へ／すぎた日頃は／よい日であった

伊藤◇『すぎた日頃』は、どちらかといえば寂しい詩でしょうかね。

EPO◆メランコリックな感じだなあと思った次の瞬間には、いい曲になりそうな予感がしてきて、頭のなかの五線譜にすぐに音符が並びました。

伊藤◇上田敏や島崎藤村の作品—時代といいかえてもいいと思いますが—には、詩をいわば吟詠する傾向があった。しかし、現代詩の詩人の中にはいわゆる「詩は読むもの、見るものである」とする考え方が強かったような気がします。行間に空きがあれば、そこに「間」を見るというか、言葉を見るといった具合です。それが、最近では詩を「朗読」することが注目されるようになった。吉増剛造さんや白石かずこさんらがそのパイオニアに当たるでしょうか。さらにねじめ正一さんの「詩のボクシング」まで登場した。新しい潮流を詩の世界にも感じます。

EPO◆ジャズやロックなどのミュージシャンと詩人がジョイントするパフォーマンスも盛んになり、いまブームですよ。迫力に満ちたステージになるんです。言葉や詩に音、音楽がミックスすることの素晴らしさを、再認識させてくれます。どのようなスタイルであれ、やはり感動を与えてくれるステージは魅力的です。

伊藤◇人びとに素晴らしい感動を与えるものこそ、ジャンルを問わず最高の作品。そんな作品と出会えるように、われわれもまた日頃から感性を磨く努力が必要なのでしょう。

［九七年一〇月◆長崎にて収録］

宮崎緑

Miyazaki Midori

言葉　いまむかし

みやざき・みどり

1958-

ジャーナリスト。女性ニュースキャスターの草分け的存在。

報道番組を主に国内外で活躍、それら多彩な経験をもとにエッセーも多数執筆している。

現在は活動の場をアカデミズムにも広げている。

エッセー集に『私のリアルタイム』『女の耳目』等。

現実と言葉の意味のギャップ

伊藤◇現代社会に生きる私たちは、テレビや新聞をはじめ、日々、言葉、活字に囲まれた暮らしをして何の不思議も感じません。宮崎さんはその活字、言葉を駆使して仕事をされている。簡単なようで難しい質問かもしれませんが、言葉とは何でしょう。

宮崎◆コミュニケーション・ツール、つまり自分の心、思考、性格、さらには存在そのものを相手に伝え、理解してもらうための「手段」ではないでしょうか。とはいえ、同時に言葉自体に生命が宿ってある種の実体になったりすることもありますから、答えは簡単ではないですね。

伊藤◇平安時代の身分の高い人びとは、互いに和歌を贈ることで、自分の思いを伝えました。ある本に、時代を遡ると、五千年前のメソポタミアの粘土板には、楔形文字で「人の楽しみに結婚がある。考えてごらん、離婚もある」と記されていたという記述を読んだことがあります。今いわれたように、言葉は「手段」であるとともに、同時にこのケースでいえば普遍的ともいえる人間の喜怒哀楽を時を越えて伝えるタイムマシンであるようにも思います。

宮崎◆古代エジプトの遺跡でも、「最近の若い者はしょうがない」というような意味の文字が発見されたと聞いたことがあります。人間というものは長い歴史の中で〝進歩〟してきた反面、情緒の面ではあまり変わっていないのかもしれませんね。

伊藤◇言葉自体はいつの世も存在してきた。ただ、時代とともにそのあり方は変化したように感じます。とりわけマス・コミュニケーションが発展した今日では、人間と言葉の関係性は昔とはまったく変わったような気がします。

宮崎◆文のやりとりで思いを伝えあった当時と比べ、私たちと言葉の〝距離〟は遠くなってしまったのではないでしょうか。言葉が言葉として一人歩きを始め、現実と言葉の意味にギャップが生じているからです。

伊藤◇具体的には？

宮崎◆適切な例とはいえないかもしれませんが、たとえば「ストーカー」という言葉。それ自体は犯罪行為で、許されざることのはずですが、ひとつの言葉として社会に定着してしまった今では、なにやら、行為そのものがひとつの存在となってしまったような趣がありますでしょう。

伊藤◇言葉の中に現実が埋没してしまった恰好ですね。さっきの言葉を借りれば、宿った生命が別種になってしまった。

宮崎◆ええ。埋没してしまう怖さのようなものを私は感じています。

伊藤◇それだけ、現代の高度通信社会では言葉のもつリアリティが希薄になりつつあるといえましょうか。

宮崎◆コンピュータ・ゲームは、ボタンを押すだけでいつでも「リセット」できます。ゲームの画面の中ではたとえ死んでもすぐに生き返ることができるわけです。現実には不可能なことが簡単にできてしまう。また、虫も殺せないような人が、ゲームになると夢中で敵を「殺す」ことができてしまう。テクノロジーが現実と非現実の境を曖昧にしてしまったのも、言葉のリアリティが薄れた原因のひとつかもしれません。

伊藤◇僕は今でもワープロも使えないアナログ派なのですが、画面に映る文字にはやはりリアリティが感じられません。Eメールでの入稿があたりまえの現在も、エッセーは手書きじゃないとダメという作家は少なからずいます。これは言葉といってもいいし活字といってもいいでしょうが、表記された文字にさえ生命が宿る──情緒といいかえてもいい──。

宮崎◆Eメールは大変便利な一方、受け手にとって発信者のパーソナリティーは見えにくい。手紙なら文字や便箋、封筒の選び方、ボールペンか万年筆かといった部分でそれとなく伝わってきます。電話もそうですね。声の感じや話し方で、その人の雰囲気はだいたい分かります。世のデジタル化が進むにしたがい、人間関係がどんどん無機質になっているような気がします。

丁寧語と人間関係

伊藤◇言葉の問題は他にもあります。かくいう僕もひどいかもしれませんが、たとえば尊敬語や丁寧語もその典型。これはもうメチャクチャです。自分で挨拶するのに「ご挨拶」と「ご」をつけたり、ビールをつぐとき「おビールをどうぞ」なんてビールに「お」をつけたり――。もうそれが一般化しているから、目くじらたてる必要もないのかもしれませんが。

宮崎◆敬語や丁寧語は本来、人間関係、社会での上下関係などから発生してきたものだと思いますが、今の世の中は、人間関係が変動し、複雑化して、互いに相手をどう位置づけていけばよいのか、相手との距離感をどのようにとればいいのか混乱していることが、「乱れ」を引き起こしているひとつの原因ではないでしょうか。

伊藤◇テレビに出演する際も、敬語や丁寧語では苦労があるかと思います。

宮崎◆放送では過剰な尊敬語、丁寧語は使わないことになっています。たとえば、どんなに偉い先生でも「さん」づけです。いわゆる共通語が方言を駆逐した問題が指摘されることも度々ありますが、何事につけ平準化の方向に行くのがひとつの傾向なのです。言葉の乱れを指摘されると、テレビの世界に生きてきた者の一人として、私たちの言葉遣いにも責任の一端があったのではないかと反省せざるを得ません。

伊藤◇丁寧語といえば、志賀直哉と太宰治の〝論争〟が思い出されます。事の発端は、太宰の『斜陽』に登場する没落貴族の娘の言葉を、まるで田舎から出てきたお手伝いさんが喋っているようだと、志賀が文芸雑誌の座談会で発言したことにあります。それに対して太宰は、志賀の『兎』という作品に登場する末娘の、「飼つて了へばお父様屹度お殺せになれない」という台詞を取り上げて、お前こそ「お殺せ」とはなんだ、そんな日本語を用いて恥ずかしくはないのかと噛みついた。

宮崎◆詩や小説の場合、日本語としては不適切ではないかと疑問はあっても、そのように表現することによって、作品の上で何らかの効果を上げようという狙いもあるのではないでしょうか。

伊藤◇特に最近、そういう作品が多いような気がします。国語辞典に載っている意味、用法だけが言葉のルールではないことは確かです。その兼ね合いが難しい。特に詩の場合は、敢えて決まり事にとらわれない使い方をするケースが多々あるといいます。

宮崎◆放送の世界では言葉の使い方は明確に規定されています。先ほど平準化と申し上げましたが、最大公約数的な考えを優先する世界にはそのような「兼ね合い」はあり得ません。文学作品の場合は意味だけではなく、いわゆる〝行間〟を読むことでイメージをふくらませますから、何が正しく、間違いであるのか線を引くのは難しい問題だと思います。

伊藤◇もうひとつ気になるのは、経済において効率化が求められるように、言葉もまた効率的に使っていこうという傾向です。つまり、途中の経過はすっ飛ばして、ともかく結論部分だけを伝えようという流れです。

宮崎◆私が駆け出しだった頃には三分かけて伝えていたニュースも、今では同じ内容を一分で伝えます。十分かけたリポートは三分です。逆に、十分ものリポートは大ニュースといった印象を与えるほどです。あふれる情報を時間や紙面の制約の中でどう処理するか、という時、往々にして結果だけ切りとるという傾向が出てしまうのですね。

伊藤◇言葉の世界にまで激しい効率化の波が及ぶ時代とは何なのでしょう。

宮崎◆世の中がとても忙しくなって、端的に結論だけが求められるようになったのでしょうか。事件の背景やそこに至るプロセスまで思いを巡らせる余裕がないのかもしれませんね。A地点からB地点まで、窓の外の風景を楽しむこともなく、音速旅客機で一足飛びに旅をするようなものです。AからBまでの途中経過を実感できるような情報処理の仕方を、私たちは忘れているのではないでしょうか。

言葉を支える文化と感性

伊藤◇効率的に物事を伝えることも、言葉の大きな役割に違いありません。ただ、言葉には文化とか感性といった、根っこになる部分があって、言葉はそこから生まれてきたのだと思います。だからこそ、表面に表れた言葉は、より大切にしなくてはならないような気がしますね。

宮崎◆言葉には「シグナル的要素」と「シンボル的要素」があります。シグナル的とは、「花」とか「鳥」とか、そのもの自体を表わす文字通りの信号、符号としての機能であり、シンボル的とは文化とか価値観を含んだ意味あいをもちます。たとえばドイツの子どもに「山を描きなさい」

といえば平坦な山を、スイスの子にいえば三角に尖った山を描くといったようなことです。育った環境によって、「山」という言葉にインプットされた価値や情報が異なっているからそのような違いが生まれるのです。

伊藤◇リスボンの大学で日本文学の講義をしているのですが、ヨーロッパ人と日本人の感性の違いをいつも痛感させられます。芭蕉の「古池や」の句などはその最たるもので、決まって「蛙は何匹だったのか」という質問を受けます（笑）。

宮崎◆「岩にしみ入る蝉の声」を英語に翻訳しなさいといわれても、結局のところお手上げです。

伊藤◇国際的な規模の言葉の話でいえば、感性の問題がある。短歌や俳句で表記される「余韻」、これは培われてきた伝統的な、「日本人の耳」としか表現できないのではないでしょうか。

宮崎◆私が外国人との価値観の違いを思い知らされるのは国際会議の場においてです。たとえば環境問題をテーマに討論する時など、「持続的発展」という大命題でも、何をどのように守り続けていくかは、互いの価値観によって異なります。たとえば、石の文化であるヨーロッパで建築物を長持ちさせようとすると素材そのものを強固にします。一方、木と紙の文化のわが国では木造の改修を重ねて保存していく。法隆寺の五重塔は補修改修を重ねて、建立当時の材はほとんど残っていないそうです。が、それでも建立当時から数えて世界最古といわれます。それぞれに培われた文化や意識の差によって、「保存」の意味も違ってくるのです。花を美しいと思う心は同じでも、何をもって「美」とするか、その違いが文化の差です。ヨーロッパのお城の庭園のように花壇を寸分違わず配置して空間の中に花の美を位置づける文化もあれば、日本の茶道のように一輪の花に永遠の美を見る文化もあります。

伊藤◇そういった文化的背景、意識の根っこの部分を理解していないと国際交渉もすれ違いになりかねませんね。

宮崎◆言葉の上で合意に達しても、根元のところにズレがあっては結局、うまくはいきません。よく外交交渉などで日本側の代表者は「前向きに検討します」とかいいますね。欧米の発想では「検討する」というのは実行を意味します。ところが、日本ではその逆で、実行しないことの婉曲ないい回しだったりします。そこで生じたボタンのかけ違いが、ひいては互いの関係に悪影響を及ぼすこともあります。

伊藤◇イエス・ノーがはっきりしている外国語に比べると、日本語は曖昧さを美徳にするようなところがありますが、これは海外に出ると日常生活のなかでもトラブルを生じる原因になりかねません。

宮崎◆こんなこともありました。絵画や仏像などをデジタル情報化してコンピュータにストックしようという計画に関わった折り、もちろん科学的には波長など分析できるのですが、それが何色か表現する段になると、そこに各国の文化や感性の相違が表れたのです。というのは、赤ひとつとっても、日本には幾通りもの表現の言葉がありますが、英語にはレッドしかありません。ある南の国には二色、つまり「明るい色」と「暗い色」の区分しかなくて驚いたこともあります。ですから、同じ色を思い浮かべているつもりでも、実は互いにまったく異なる色彩を考えていたのかもしれません。

伊藤◇同じ日本人でも、育った環境や世代によって意識に大きな差があります。先日目にしたミニコミ誌にこんな話がありました。ある人が、京都の古い家柄のお宅で年代物の調度品を見せていただいたところ、その家の住人は、「この前の戦争」でいいものは焼けてしまって、と残念そうな顔をしたといいます。はて、京都は空襲の被害は受けなかったはずですがと訊ねると、いえ、長州と会津・薩摩の兵が衝突した蛤御門の変(一八六四)のことですよという答えが返ってきて驚いたといいます。

宮崎◆逆に今の学生にとっては、「この間の戦争」とは一九九〇年の湾岸戦争のことなんです。彼らには、第二次世界大戦はおろかベトナム戦争も、はるか遠くの、活字の世界に埋没してしまった戦いに過ぎないようです。つまり、リアリティを感じられないのですね。

伊藤◇言葉、そして会話が通じ合うには、それ相応の共通した社会的、文化的土壌や意識が必要ということでしょう。詩と散文の違いのたとえとして或る詩人は、詩は海上に姿を表した氷山の一角みたいなもの、散文は海面の下に眠っている部分といっています。きっと「言葉」にもその表現があてはまりますね。

宮崎◆外国とのギャップの事例をもうひとつご紹介しておくと、日本語で「湯水のごとく使う」といえば「浪費」をいいますが、アラビア語にも同じ言葉があって、こちらは逆に「節約」を意味します。なぜなら、乾燥地帯の国々にとり、水はとても貴重だからです。

伊藤◇言葉は多くの顔を持った「生き物」とつくづく感じますね。

［九八年八月◆屋久島にて収録］

清水哲男

Shimizu Tetsuo

変幻する言葉

しみず・てつお

1938-

詩人。京大在学中より詩作に取り組み、多くの若い詩人に影響を与える。
厳しい省察から生まれる自己客観化、戯画化を図った詩は、
一貫して「唄ごころ」や「情」を失わず、現代詩の最先端を示してきた。
ＦＭのラジオパーソナリティーとしても知られる。
『水甕座の水』『夕陽に赤い帆』等。

詩との出合い

伊藤◇現代詩はもちろんのこと、評論、エッセー、そして、ラジオ番組のＤＪなど幅広い分野で活躍中の清水さんは、京大哲学科のご出身。初めにうかがいましょう。清水さんはどうして詩を書こうと思ったのですか。

清水◆実はもともと、中学の頃から俳句が好きだったんです。ところが、大学に入ったら俳句なんかやっている奴は僕のほかにもう一人、二人だけ。何千人といる中でたった三人くらいしかいない。現代詩というものがあることなんてまったく知らなかった。僕が知っていたのは島崎藤村とか立原道造、室生犀星、三好達治らいわゆる教科書で習う人たちで、鮎川信夫や田村隆一ら、戦後詩の世界をリードしていた『荒地』の詩人も知らなかった。

伊藤◇『荒地』は昭和三十四年には休刊しているものの、第二次世界大戦の痛切な戦争体験と戦後の日本の現実は〝荒地〟であるとする認識を背景に、戦後詩の拠点となった雑誌。清水さんの大学卒業は同三十九年、『荒地』とはいささかタイム・ラグがあるとしても、現代詩の先端を走ってこられた詩人の言葉とは思えませんね（笑）。

清水◆大学の文学サークルに入ってみると、皆そういうのを読んでいるわけです。それで本を借りて読んでみたら、俳句よりよっぽどカッコイイ（笑）。まず格好から入りましたね。それは石原吉郎の詩なんですけれど、「これはスゴイ！」と。石原さんがシベリアに長く抑留されていたことも全然知らないで、ものすごく明るい人だなァとずっと思っていました。詩を見る限り、明晰で明るい。こういう詩は藤村にもないし道造にもない、ましてや宮沢賢治にも。「これは新しい」と思って、飛びついて真似し出したのが始まりです。

伊藤◇清水さんは弟の昶さんも詩人ですので、僕は清水家というのは詩のＤＮＡが流れている一家なんだと勝手に思っていました。でも、そうでもない——。

清水◆ただ、親父は元来が理科系、化学者ですが、宮沢賢治は好きでよく読んでいたようです。化学者といっても戦後は農業をしていましたから、どこかで賢治と通じるものがあったんでしょうね。親父は、山口県で最初にリンゴを栽培した人なんです。僕ら一家は山口県の山奥に住んでいました。リンゴは青森のような寒い土地に適した果樹なのに、それを何とか山口で栽培することは出来ないか。そう思って、苗を取り寄せて大事に大事に育てて、ついに一個だけ実がなった（笑）。昭和二十三、四年頃のことです。

伊藤◇ものすごく詩的なストーリーですね（笑）。お父さんは〝詩人〟だった。

清水◆そうなんです。商売にもならないことを思い立ち、実行するという点では詩人だったのかもしれません。一個のリンゴを家族四人で食べたとき、いちばん興奮していたのは当の親父でした。後で果樹栽培の専門家に聞いたら、当時の山口でリンゴがなったというのは、おそらく記録的なことだろうと驚いていました。

伊藤◇前言を翻さなくてはなりません。やはりお父さんのＤＮＡが息子たちに受け継がれたに違いない。大学で詩に目覚めたとのお話でしたが、影響を受けた詩人は石原吉郎の他にはどなたかいらっしゃいます？

清水◆直接的には、大学の先輩にあたる大野新です。在学中に彼の創刊した同人誌『ノッポとチビ』に加わりました。僕が最初に詩をつくったときに見てくださった詩人です。というか、僕はその人の真似をして、ページ数も同じ詩集をつくった。僕としては相当大野さんに入れ込んでいたということでしょうね。

伊藤◇大野新は長年にわたる結核との闘いもあって、生を凝視する作品を書いた詩人でしたね。結核と詩はひびきとしてすごく結びつく。清水さんが詩作に夢中になったように、さらに青春時代と詩というのはひとつのイメージとして結びつきます。詩は青春の文学だ、というような。最近、若い俳人が多く登場してはいますが、青春と俳句、というのはあまり結びつかない（笑）。この相違は詩と俳句の表現形式によって生じると思いますか。

清水◆詩が青春をイメージさせるというのは、非常に簡単にいえば恋愛詩のイメージなんでしょう。俳句は短いから恋愛を詠むのは難しいんです。恋の句でいい句というのはなかなかない。七七がある分、まだ短歌の方が恋を詠むには向いている。俳句は短過ぎて、自分の心を述べられない。だから、下手をすると自分がいかにカッコイイかということしか詠めない。短歌は恨み節もできるけど、俳句は出来ない。だいたい恋愛詩が共感を得るというのは、やはり「フラレちゃったのかな」とか、「相手の気持ちがよく分からず落ち込んでいます」とか、「一方的に思いが募って」といった、心の機微に共感を覚えるからです。そこに恋愛のポエジーはある。恋がうまく成就した、いいでしょうなんていうのは誰も読みたくない（笑）。

伊藤◇おっしゃる通り。世の中、圧倒的に恋の失敗例がたくさんあるから詩や音楽、絵画など芸術作品は生まれるんですよね。それはさておき、詩についていえば、表現形式の、つまり文字数の限界というのはありませんか。

清水◆いわゆる自由詩に限界はない。とはいっても書きたいだけ書いてもダメですから、おのずとどこまでで抑える、というセンスが必要となってくる。ただ、その時代においては失敗作だとしても一〇〇年後には読者の共感を得る詩というのもありますから、作品の評価は多分に時代の流れとの関連の中でとらえなくてはなりません。

生活から生まれる文学

伊藤◇島崎藤村のように、詩人が散文を書いて成功する例というのはたくさんありますよね。逆に高見順のように、小説家が詩を書いて名を揚げたというのはそう多くない。

清水◆ひとつには、下世話な話になりますがやはり経済の問題がある。小説で名を成した人——たとえば原稿用紙一枚一万円の人が、二百行書いても五千円の詩の世界にはいられない。要するに飯を食っていけないですから。詩人から小説家に転身する場合も、そういう事情はあると思います。

伊藤◇経済の問題といえば、昔のもの書きの中には飯を食わないでも文学に精進するのが美徳、文学のためなら女房子どもを質に置いてもよしとするような認識もなくはなかった。永井龍男さんはそれは小説家の驕りだといっていました。男子たるもの、屋台を引いても妻子を養うのがまず第一だと。

清水◆僕も、そんなのは初めからボタンをかけ違えていると思っています。家族を路頭に迷わせて仮にいい詩が書けたとしても、それがなんでしょう。普通に——普通というのは非常に幅のあるいい方ですけど——暮らしていて、そこから詩が生まれてこなければ、人間にとって意味のあるものとはいえない。

伊藤◇そこにはふたつの立場があるように思います。ひとつは生活を捨てても作品が成り立てばいいという、芸術至上主義。もうひとつは、文学作品というのは生活に密着していてこそ意味があるという考えです。

清水◆芸術至上主義者も確かに存在します。でも、至上主義といったって飯は食わなきゃならない。すごく偉そうに聞こえるかもしれませんが、僕は今生きている人たちと同じ空気を吸い、同じような生活をして、そこから生まれた自分の詩が同世代の人に読まれれば、作品は後に残らなくてもいいと思ってやっています。よく「詩は永遠だ」などという人がいますが、それは後世の読者が判断すること。現実の世界で書いていながら〝永遠〟を口にするのは、傲慢な考え方だと思います。だいたい地球のいのちだって永遠にはつづかない……（笑）。

伊藤◇先ほど作品の評価と時代の流れの関係について話がありましたが、生きている間はほとんど評価されなかった宮沢賢治のような例もあります。死後何十年もたってから脚光を浴びるというのは文学の世界では決して珍しくない。

清水◆ある意味、賢治のような人は気の毒にも思います。生きていた頃は草野心平さんが東京で「いいぞ」といったくらい。草野さんがそういっても、当時は読者からも文壇からも何の評価も得られなかった。それは当然、作品の内容が「誰にも理解できなかった」ということでもあるかもしれないけれど、賢治の書き方がどこか間違っていたのではないでしょうか。彼はきっと、同時代の人に読んでもらいたくて仕方がなかった。もしも「あの世」があって賢治にインタビューすることができたら、「俺、面白くねえな」と仏頂面をすることでしょう。

伊藤◇「間違っていた」というのは詩の内容ですか。時代にマッチしないというような。

清水◆時代に合った詩も書いていますが、賢治特有のメルヘンチックな詩は、当時の人には「浮世離れし過ぎている」という印象が強かったのではないでしょうか。賢治は一種独特の「賢治ワールド」＝別世界をつくった。その部分が時代にそぐわなかったのではないかと思います。賢治としては時代に〝迎合せず〟という気負いもあったのでしょう。僕は『文藝』の編集者時代、実際に賢治に会ったという詩人にお目にかかったことがあります。象徴派の詩人吉田一穂です。その人は「賢治というのはキザでいけすかない奴だった」と評しました。僕はそれに衝撃を受けましたが、「さもありなん」とも思いましたね。というのは、一穂はその辺で立小便をするような人でしたし、賢治は、もちろん会ったことはありませんが、そういうことをするような人ではないような印象ですから、肌合いが合わなかったのではないでしょうか。現在でも同じような傾向にあると思いますが、多くの人びとはメルヘンの世界の人、まるで煩悩もなかった人というイメージを賢治に対して持っていましたから、賢治に嫌悪感を表す数少ない人、それも賢治と同時代の人に出会えて、編集者をしていてよかったと思いました。

伊藤◇賢治は生まれてくるのが早過ぎた。理解してもらおうとしても得られなかった。しかし、作家、作品が時代に迎合するとなると、それもまた問題を孕みます。たとえば評論家の奥野健男は「作品の良し悪しとは、簡単にいえば読者に迎合しているか、そうでないかだ」と書いています。迎合すなわち悪というわけですが、とはいえ、誰にも読まれなければ作品の価値はない。読者に「おもねる」のと「受け入れられる」のとでは微妙な違いがあると思います。

清水◆流行作家で脂ののっている人の作品を読むと、「迎合」とはどういうものかよくわかります。僕は渡辺淳一さんの『失楽園』を日経の連載で読み、単行本も買って非常に面白く読みました。僕がいちばん思ったのは、色っぽい場面で読者が何を好むか、彼はわかっているんですね。「喪服の女」の情事とかね。読者の「こうあってほしい」という願いをうまく嗅ぎ当てて書いている。これを「迎合」といったら渡辺さんは怒るかもしれないけれど。

伊藤◇未だに多くのファンをもつ立原正秋の世界も、いくつか読むと「落しどころ」が見えてくる。それがあまりに身についてしまうと、蟻地獄にはまったように、そこから這い出ようとしてもできなくなる。中間文学と純文学との違いはそこなのでしょうか。

清水◆立原さん自身も、その辺は苦しかったのではないかと思いますよ。いつのまにか「立原文学」が確立してしまって、書き手としてそこから飛び出そうと思ってもできない。立原さんは巻紙に手紙をしたためるような人だったから、「立原ここにあり」という一種の自己愛も加味されたのかもしれない。それに本人はいちばん気がついていたんじゃないかな。でも、その部分を外して書くわけにはいかない。「売れる」ということは、そういうことだと思います。

伊藤◇そのようなジレンマがコンプレックスを生む場合もある。有名な売れっ子作詞家が、「僕を作詞家ではなく『詩人』と呼んでくれ」と発言したのを聞いて、少し戸惑いを感じたことがあります。

清水◆その人は作詞の仕事は食うためにと割り切っていて、本当の自分は違うのに、誰もそうは思っていないと感じてそういったのでしょう。純粋詩という言葉があるなら、一度それにとりつかれた人は、他にどんなことをやっても身過ぎ世過ぎにしかならないでしょうね。

IT革命と俳句の魅力

伊藤◇明治初期の言文一致運動の精神には及ぶべくもありませんが、最近、若者の間にはくだけた表現がはやり、話し言葉と書き言葉の区別もつきにくくなっているように感じます。

清水◆原因のひとつはインターネットの普及でしょう。Eメールの機能性からいうと、あらたまって書くのではなく、まるで直前まで会話していたかのように「それでさァ」といった表現がぴったりくる。「電話で話すように書く」というか、さっき会った人に同じトーンで伝えたいというメディアです。そんな感覚が今や万人のものになりつつある。あと十年もしたら、「良い」「悪い」の議論の末に、文章表現の世界もEメール的な感覚でよしとされる状況になるのではと思います。日本という国、日本語、日本文学のあり方を見つめてきた江藤淳さんがもし健在だったら、蛇蝎のごとく嫌うような世界になっているでしょう。でも、言葉は変化するものですからしょうがない。

伊藤◇明治から百数十年を経て、新しい形の言文一致をデジタル技術がもたらした、ということになりますかね。

清水◆少なくともEメールは書き言葉ではありますからね。日本語の表現は自然に変わっていくでしょう。言葉の面だけでなく、既存のメディアに与える影響も大きい。インターネットを駆使した言葉の流通は、本や雑誌、いわゆる活字媒体の存亡に関わってくる問題だとも思います。

伊藤◇インターネットといえば清水さんのホームページ『増殖する歳時記』では毎日、俳句を一句ずつ紹介していますよ。どのような意図で始めたのですか。

清水◆二〇〇〇句ぐらい選んでオリジナルの「歳時記」をつくってみたい、というのが最初の動機です。そんなときにインターネットを知ったんです。そこで、自分に縛りをかけようとホームページを開きました。ひとり原稿用紙にカリカリ書いていたら、いつか途絶えてしまうに違いありませんから。実際、ホームページを開設して始めたところほんとうにやめられなくなってしまって。選句は独断。不思議なもので、その日の天候とか体調によって句の見方が変わります。体調が悪いと軽い調子の句がバカバカしく思えたり、逆に体調が良ければ、軽妙でいいな、とか。大変ですけれど、楽しくやっています。

伊藤◇その楽しさというのは、インターネットの特性も加味されてのことだと思います。やはり活字とは違い、「受け手」の反応が即座に見えるのは大きな魅力のひとつになっているのではありませんか。

清水◆もちろんその通りです。しかし、実は俳句そのものが「受け手の見える文芸」なんです。俳句には結社があって、必ず読者がいる。句会などでは、自分の句にその場で誰かが批評を加えてくれる。これは他の活字表現にはない、俳句だけの堪らない魅力です。詩はひとりでじーっと書いて、それがどこかに載るとしても、ほとんど誰も何もいわないですから。受け手のヴィヴィッドな反応は、俳句以外の活字の世界ではどこかに置き去りにされてきた魅力です。僕は世界に冠たる「現場文学」が俳句だと思っています。吟行をしてその場でつくって、しかも何人かの人に直接批評してもらえる。そんな文学は他にないですよ。

伊藤◇俳句は「陽の文学」なんですね。詩はどちらかといえば「陰の文学」。孤独といえば聞こえはいいですけど。

清水◆詩の場合は、たとえば月刊誌に書いて次の号で貶されたりすると「オマエなんかにわかるか！」なんて二ヶ月くらい陰鬱がつづいたりする（笑）。

伊藤◇戦後間もなく、桑原武夫が俳句は一流の芸術ではないと主張して物議をかもしたことがありました。いわゆる「第二芸術論」ですね。酒席で酔いが回った小林秀雄さんが、永井龍男さんに聞こえよがしにそれをぶったことがありましたよ。永井さんは俳句の名手としても聞こえていましたからね。永井さんはこれ以上ないという苦りきった顔をしていました。俳句の文学的な価値についてはどう思いますか。

清水◆僕は大学で桑原さんに習ったけど、要するに彼の論旨は、俳句は「個性の生きない表現だから第二である」、ということ。つまり、たとえば小説は、作者がどこの誰か分からなくても、作品を読めばその人の思想とか人生観などが浮かび上がってくる。それこそが近代に始まる芸術の本流で、俳句はそうではないからダメだという主張です。非常に単純にいえば、名前の付いている—有名性の芸術の方が上という考えです。僕は無名の方が上等だと思いたいから、その理論に反発をおぼえました。戦後すぐという時代背景もあって「こんなもん、これからの文学とちゃうで」という思いも桑原さんたちにはあったのでしょうが、俳句人口も増えているようですし、今日、その意に反して俳句はますます現代の文学になりつつあるような気配です。

時空を越える言葉の力

伊藤◇そうそう、永井さんが俳人の石塚友二さんに向かって、君は俳句ばかりやらないで、また小説を書かなきゃダメだ——と、これも酒の上の話ですが、説教したことがありましたよ（笑）。ところで、荒川洋治さんは「詩は自分のために書く。散文は読み手を意識して書く」といっていました。詩と散文の違いについてはどう思いますか。

清水◆難しい質問ですね（笑）。僕は「自分のために書く」ということにおいては詩も散文も違いはないと思う。相違があるとすれば、文章の凝縮度でしょう。たとえばひとつ、モノがあるとする。散文というのはそれを四方八方から眺めて、見えるところはすべて書く、という表現です。詩はそれを、一撃のもとに書く。散文家が十行でいい表すところを詩人は一行で書く。どちらが質的に上かということではなく、そういった様式の違いだと思います。

伊藤◇というものの、長編詩というジャンルもありますし、これなら散文にした方がいいんじゃないか、という詩も見受けられます。

清水◆確かに僕にも二百行なんていう詩がいくつもあります。詩として確立しているかどうかというのは、書き手の自覚に関わる問題です。たとえば、ある一行に光を当てて浮かび上がらせるために二百行が必要な作品もあるわけです。基本的に、長い詩は「一撃の力」を随所に見せていくための〝設計図〟に基づいて書かなければ成り立ちません。散文の方が適していると思わせるような詩は、その「設計」が不足しているんです。

伊藤◇堀口すみれ子さんと対談した時に、ポルトガルの国民的な英雄詩人ルイス・デ・カモンイスの話をしました。ポルトガル最西端——つまりユーラシア大陸最西端——のロカ岬に建つ碑に刻まれた二行の詩「ここに陸つき、海はじまる」。たった二行でも、目の前に大西洋の広がるその地に立つと、ここで本当に陸は終わってしまう、ここから広がる海の先に陸地があるなんて決して思えないんですね。非常に胸に迫ってくるものがある。詩にとって「臨場感」は大切な要素のひとつのように思えるのですがいかがでしょう。

清水◆もちろんテーマにもよりますが、もし土地を書くのならば、読み手がその地を訪れたことがなくても、行ったような気にさせる臨場感は最低限必要でしょう。心を誘うような感じというか、いわゆる「詩心」ですね。詩に限らず小説や短歌、俳句など文章表現において「詩心」は重要な要素です。

伊藤◇さらに例を引けば、島崎藤村の『夜明け前』。あのいわば設計図の見事さについて触れたことがあります。書き出しの「木曽路はすべて山の中……」の文章はすごい。馬籠の藤村生家跡に立つと、本当に「山の中」、まったくその通りなんですね。あそこを訪れた時、あの一行の持つ臨場感に感動しました。そういえば藤村も詩人ですね。

清水◆『夜明け前』の冒頭は、詩そのもの。読んだだけでゾクッとくる。

伊藤◇深沢七郎の『楢山節考』の頭の部分「山と山が連なっていて、どこまでも山ばかりである」はどことなく『夜明け前』を連想させますし、三木卓さんの『裸足と貝殻』の書き出し、日本へ向かう引揚船が波を切って進むシーンは森鷗外の『高瀬舟』が加茂川を行く場面を思い起こしました。いずれも臨場感あふれる文章をつくりだす作家の想像力に、不思議を覚えます。

清水◆詩の言葉に限らず、文学の言葉というのは時を経るにしたがい国民の共有財産になっていくのです。いろんな人がいろんなことを書いているうちに、その言葉がわれわれの普通の会話にも生きてくる。どんな言語でもそうですが、言葉の幅と奥行きを広げていく努力は、誰かが意識して積み重ねていかないといけない。その誰かとは、文学者です。文学者が鍛えた言葉を、皆が消化して自分の意識的空間を広げていく。ですから、ある作品の書き出しが別の作品に似ているというのは、言葉が共有財産となった証ともいえるわけです。書き手は無名でいいのです。たとえば、「目には青葉山ほととぎす初鰹」という有名な句があります。句は諳んじていても作者を知っている人はほとんどいないでしょう。それでいい。作者は江戸期の俳人山口素堂、なんて声高にいう必要もない。でも、初鰹の時季になると、食卓や飲み屋でこの句がつい口をついてしまうのは、その句、言葉が既に皆の共有財産になっているからなんです。平安の時代から何かを書いていた先人たちがいたお蔭で、現代の僕らの豊かな言語生活は成り立っている。だから、詩人はいつの時代も存在していなくてはいけないと、我田引水ながら思うんです（笑）。

伊藤◇現在のわれわれの世界は、過去から現代まで数多くの詩人たちによる言語文化遺産といったもののバトンタッチによって受け継がれてきた。ところで、詩人ひとりひとりには、詩人として、強く印象に残っている原風景といったものがあるかと思います。清水さんの場合は、どのようなものでしょう。

清水◆やはり幼い頃の体験はどこかで詩に影響しているでしょうね。僕が子どもの頃は山口県の山奥にも結構雪が降って、夜、人家の灯りをたどって家に帰ったときの光景などはよく覚えています。闇の中にポツンポツンと灯りがともって……雪の中を田んぼにはまったりしながら歩いて行って、やっと自分の家の灯りが見えたときは「翼よ、あれがパリの灯だ！」の気分で嬉しかったものです。家の戸を開けると囲炉裏もあって、思えばまるで映画のような日々を送っていました。

伊藤◇そして、それぞれの〝原風景〟を心の奥底に秘めた詩人たちの作品を通じて、見知らぬ土地、過ぎ去った時代の空気を体感できるのは詩を読む大きな喜び、という図式につながる——。

清水◆それが文学、言葉の力なんです。空間や時代が異なっても、言葉がそこに誘ってくれる。平安時代にもタイム・トラベルできるし、ヨーロッパ最果ての岬にも立てる。言葉の力は時空を越えるものなんです。だからこそ言葉を大切にしなければならない。文学者を中心とした、人間の言葉のいとなみを汲み上げるポンプのような装置は永遠に必要だと思う。そうでないと、どこで誰がどんな発言をしたのか、何もわからなくなってしまう。その役割を担うのがジャーナリズムです。そういうポジションにある人——編集者などその最たる存在ですが——の、言葉の遺産を未来へ伝えていくにはどうすればいいかの〝見極め〟も重要です。

伊藤◇編集者のはしくれとして、その言葉をしっかり受けとめておきましょう。

［〇〇年六月◆東京・吉祥寺にて収録］

言葉が躍ったあとに
◇◆◇◆◇対談を終えて

ひとつの言葉にどう解釈を加え、なにをイメージするか、書き手により、また、読み手により千差万別だ。それはまさに、言葉がおのおのの意識の世界で自由に躍っているからだ。

国語学者の輿水實は「文章の哲學」（河出書房「文章概論」）のなかで、昭和八年の「小學國語讀本」一年生の最初のページに綴られた三行の「サイタ　サイタ／サクラガ／サイタ」の解釈が十人十色であることに触れて、「さくら」という同じ言葉でも、こころに浮かぶことはそれぞれ異なるのだから、それは当然であると結論づけている。

「あなたの訳でコクトーを読んで、はじめて感銘した。大學さんの詩には詩（うた）がある」と小林秀雄が堀口大學を褒め上げる場面に居合わせたことがある。翻訳、日本語の優劣が、大げさにいえば当代一の文芸評論家の作家観、作品観を変えてしまった。言葉は曲者である。

現代詩には難解だというイメージがある。私もまた例外ではない。現代詩の入門の足がかりになればと詩人たちに迫ってはみたが、はたして門外漢はどこまで本音を引き出せたか。読者の判断にお任せするしかない。また、テーマを絞りこんだ関係上、各氏への質問事項に類似した内容が含まれていることをお断りしておきたい。

十人の言葉のプロとの対談の多くは、キャスターポエム塾のなかで収録されたものである。一部加筆したが、記述は原則的に当時のままとした。本書出版にあたり日本語を愛する多くの皆さんのお世話になったことを謝して記したい。

二〇〇〇年七月一四日

伊藤玄二郎

◇◆◇◆◇

伊藤玄二郎《いとう・げんじろう》

一九四四年鎌倉生。エッセイスト。中央大学法学部卒業。河出書房を経て、かまくら春秋社を設立。里見弴に師事し、小林秀雄、永井龍男、堀口大學ら多くの作家と交流。リスボン工科大学客員教授、関東学院大学法学部講師。著書に『風のかたみ』『日本ポルトガル小百科』（編著）など。

言葉は躍る

編者◆伊藤玄二郎
発行者◆田中愛子
発行所◆かまくら春秋社
鎌倉市小町二・一・五　電話〇四六七（二五）二八六四
印刷所◆株式会社和晃
平成十二年十月一日発行

© *Genjiro Ito 2000 Printed in Japan* *ISBN4-7740-0150-3 C0095*